村人召喚？ お前は呼んでないと追い出されたので気ままに生きる1

丹辺るん

Run Nibe

RB

レジーナ文庫

登場人物紹介
ケン・カトウ
職業:勇者
国の危機を救うために、
日本から召喚された。
生意気な少年だが、
根は素直。
ミュウ・アルメリア
職業:冒険者
ミサキの異世界でできた
最初の友達。
可愛い見た目とは裏腹に
剣の腕が立つ。
結構な緊張しい。
ミサキ・キサラギ
職業:村人
ごく普通の大学生だったが、
勇者召喚に巻き込まれて
異世界にやってきてしまった。
仕方がないので、この世界で
第二の人生を始めることに。

カイ・コンドウ
職業：武術師範
召喚者のうちの一人。
力は強いが、
脳筋であるため
物事を深く考えない。
タクマ・ササキ
職業：賢者
召喚者のうちの一人。
常に強気な発言をし、
他人を見下している。
ウルル・コートン
職業：冒険者
クルルの双子の姉。
ものすごいパワーの持ち主で、
身体能力がずば抜けている。
ちょっぴりおバカさん。
クルル・コートン
職業：冒険者
ウルルの双子の妹。
お手製の爆弾での攻撃が得意。
普段はのんびりしているが、
たまに黒い一面も……

目次

村人召喚？　お前は呼んでないと追い出されたので気ままに生きる１

序章　始まりの魔法陣

「あーあ……ついてないなぁ……」

天気予報で言っていた通り、雨がしとしと降っている初夏の空を見上げながら、ぼそっと呟いた。

私は如月《きさらぎ》美咲《みさき》、十八歳。高校を卒業したあと、親に無理を言って大学に進学したんだけど……実はそれで満足しちゃって、大学でも将来も、やりたいことが特にない。……ちょっと困ってる。

だからといってサボるわけにはいかないから、毎日大学には行っている。必修の授業を受けたあと大学の図書館で過ごすのが、入学してからの日課。

……で、今日もいつも通り図書館にいて、そろそろ帰ろうと外に出たら、傘立てに置いていた傘がなくなっていた。白地に花柄の、ちょっと目立つ傘だからって油断しちゃったなぁ……

「私の傘持ってったの誰……天気予報くらい見といてよ、もう……」

意味がないのはわかってるけど、それでもブツブツ呟いちゃう私。空に雲の切れ間は……ないよね、知ってた。

「天気予報じゃ、夜まで降り続くとか言ってたっけ……」

どんよりした暗い空はずーっと遠くまで続いてるし、風も冷たくなってきた。

雨やまないかなぁ、とか淡《あわ》い期待をして、屋根の下で待ってみたけど、雨はやむどころか強くなってきた。人影もまばらになって、図書館の中は照明が落ちている。

うーん。駅までは遠いし、どうしよう……と思っていた、そのとき。

――……

「……うん？　あれ、今なんか……」

なにかの音が聞こえた。なんだか不思議な感じがする……

――ゴォーン……

「え、これは……鐘の音……？」

えっと、チャペルの鐘？　いや梵鐘《ぼんしょう》？　……でも、この音はどっちでもない……それに、この辺りには教会もお寺もないはずだよね。

なんというか……聞こえてくるというよりは、頭に直接響いてくるような鐘の音。不思議さよりも、不気味さが勝《まさ》る。

混乱している私に、さらなる異変が襲ってきた。

――キィィィン――

耳を突き刺すような鋭い音がする。とっさに耳を塞《ふさ》いでも、頭に直接響く音は全く消えない。

「え、な、なにこれ⁉」

しばらくして音が消えたと思ったら、今度は私の足元から光が立ち上った。眩《まぶ》しくて、思わずぎゅっと目をつぶる。そして、その強い光がおさまったとき、私の前には不思議な光景が広がっていた。

「これ……魔法、陣？」

それは、私が愛読するファンタジー小説や漫画によく出てくる、魔法陣と呼ばれるものに似ていた。

青とか赤とか、いろいろな色が混ざった幾何学模様《きかがくもよう》が広がっていて、暗くなった図書館のエントランスを明るく照らしていた。ていうか眩《まぶ》しい。強烈なスポットライトを、いくつも向けられているような感じがする。

「これは、なにかのさ……っう⁉」

なにかの撮影？　って言い終わる前に、頭にちくっと刺すような痛みがした。魔法陣は輝きを増していく。それにともなって、私の頭痛はひどくなってきた。鈍器でガンガン殴られてるように思えるほど。

「っ……」

同時に、強烈な眠気にも襲われて、抗《あらが》えない。

眩《まぶ》しい光の中で、私の意識は途切れた。

第一章　勇者召喚

――……

「……ん、んぅ……」

再び頭にちくっとする痛みがあって、目が覚めた。いつの間にか倒れていたみたい。うつ伏せになっていて、顔とかおなかとかに、柔らかいものがふわっと当たっている。

……ん？　ふわっと？　あれ？　私がいたのは図書館のエントランスのはずじゃ……なら、下はコンクリートのはず……

「――っ！　……は？」

おかしいと思って、慌《あわ》てて飛び起きる。私の目に飛び込んできた景色は、予想だにしていないものだった。

私は薄暗い部屋の中にいた。白っぽい石でできた壁、真っ赤なふわふわカーペット。シャンデリアみたいな巨大な燭台《しょくだい》には、ろうそくの火が揺《ゆ》らめいている。それはまるで映画のセットのよう。

私の目の前に豪華な衣装を着た厳《いか》ついおじさんたちが現れた。おじさんたちの服装は、中世のヨーロッパの肖像画でしか見たことがない。その中で、一番着飾ったおじさんが問いかけてくる。

「目は、覚めたかね？」

「……え？」

……いやいや、ちょっと待って、嫌な予感しかしない。偽物とは思えないおじさんの服装。これは夢？　って思ってほっぺを抓《つね》ってみた。……すごく痛かった……

「えっと……ここは……」

ひりひりする頬を押さえながら、震える声でどうにかそれだけを絞り出した。もう、あまりにも混乱しすぎている。頭の中がごちゃごちゃになって、聞きたいこととか全部飛んでっちゃったもん。それに……

「な、なんだよここ……」

「夢でも見ているのか？」

「あ？　誰だてめぇ」

ここには、私以外にも今の状況がよくわかっていない感じの人がいるんだ。男の人が三人。

一人目は、着崩したブレザーと、はねた茶髪が特徴的な男の子。どこかの高校の制服かなぁ。

二人目は、いかにもエリートですって見た目で、シルバーフレームの眼鏡とスーツを身につけた男性。

三人目は、筋肉。……道着《どうぎ》みたいなのを着た、ごついおじさん。筋肉すごい……

「いきなり、光が……」

「映画の撮影、というわけでもなさそうだな」

「説明しろ。ここはどこだよ」

男性たちが、目の前のひときわ豪華なおじさんに詰め寄っている。

私はまだ立てない。立とうにも全然力が入らなくて……腰が抜けちゃってるのかなぁ……。それでも頑張って、生まれたての小鹿みたいになりながら立ち上がった。うわぁ……ふらつく……

「貴様ら！　王に対して無礼で……」

「よい。突然のことで、混乱しておるのだろう」

「……はっ……」

私が小鹿になっている間も話は進んでいたらしい。最初に声をかけてきたおじさんは、どうも王様らしい。じゃあ頭下げてる人は、従者なのかな？　演技している感じは全くないし、やっぱり本物の王様なのかな……

「まずは、説明をしよう。ついてきてくれ」

王様はそう言ってさっさと歩いていってしまった。男性たちは渋々といった表情で、私もプルプルする足になんとか力を入れてついていく。

案内されて階段を上ると、窓から光が差してて眩《まぶ》しい。私たちがいたのは、どうやら地下の部屋だったみたい。ついでに、廊下も超豪華でした。

そして、王様と何人かのお付きの人たちに連れていかれたのは、一流ホテルのスイートルームみたいな部屋……スイートルームに泊まったことなんて、ないけどね。

大きなソファーがコの字型に置いてある。調度品は触《さわ》るのが躊躇《ためら》われるくらいの豪華さ。壁際の大きな壺《つぼ》とか、なにあれ……どう使うんだろう……

王様に促《うなが》されて私たちはソファーに座る。あ、これ、人をダメにするやつだ。もふってする感触が気持ちいい。

「……さて、まずは謝罪をしよう。お主《ぬし》たちを勝手に召喚したことをな」

私がソファーに気を向けていると、王様はそう言って頭を下げた。

……召喚？　今、この人召喚って言ったよね……うそでしょ。

でも、まさかまさかとは思ってたけど、ほんとに小説とかに出てくる、召喚なんてものに私が出会うとは夢にも……実はちょっと思ってました、はい。この手の小説はよく読むし、そりゃ異世界に憧《あこが》れたことだってあるもん。

「召喚、だと？」

「なんだそりゃ？」

私の向かい側に座ってる眼鏡さんと筋肉の人は、意味わからん、というように聞き返してる。私の隣の高校生くらいの男の子は、俯《うつむ》いてこぶしを握り締めていた。やっぱり、わからないことだらけで不安なのかな？　私はどうも、こういうことでは取り乱さないみたい。逆に冷静になってきたくらいだし。ファンタジーな世界が好きでよかった。

王様は、そんな私たちに向かって首を縦に振る。

「うむ。この国、サーナリア王国には、勇者召喚の儀式というものがある。一度に四人も来るとは予想外だったが……ともあれ、お主《ぬし》たちはそれで呼んだのだ」

……勇者召喚？　またテンプレな感じが……

お付きの人もうんうんと頷いてから口を開く。

「そうだ。召喚された者は強い力を持ち、魔人《まじん》に対抗する能力を持っているのだそうだ。もっとも、召喚者を実際に見たのは初でな。記録にしか残っていないが」

「勇者に、魔人……なんだそりゃ」

筋肉の人は話についてこれてないみたい。腕を組んで首を傾げてる。

「……そうだな。一から説明しよう」

王様の説明は確かに詳細を語る感じだったけど……長い。ひたすら長い。……ちょっと整理してみよっかな。

ええと？　まず、勇者召喚ってなんなのか。

なんでもサーナリア王国っていうこの国は、大昔から〝魔人〟というものの被害を受けているらしい。何百年かに一度、この国はどこからかやってくる魔人に襲われてしまう。放っておくと国が滅びてしまうからなんとかしなくてはいけない。でも自分たちじゃ対処できない。だからずっと、魔人を倒せる素質を持った人を違う世界から呼んで助けてもらってた、と。それが勇者と、その仲間だという。素質のある人を呼び出す儀式が、今回私たちを連れてきたモノの正体。サーナリア王国には大昔の人が創った勇者を召喚する儀式があって、魔人の大発生に合わせて適宜《てきぎ》使ってきたんだとか。

今のサーナリア王国では、〝魔獣《まじゅう》〟の目撃情報が増えているらしい。魔獣は、動物のような姿をした凶暴な生物で、魔人がサーナリア王国に近づいてくると、出現する数が増えるそうだ。王様はこのままじゃまずいと思って勇者召喚をした。ただ、伝承とか記録とかでは召喚されるのは三人なのに、今回はなぜか四人いた。

……っていうのが今までに聞いたところ。うん、ファンタジー小説っぽくてちょっと楽しいかも。

「……そこで、お主《ぬし》たちのステータスを確認して、職業を教えてほしい」

「「……ステータス？」」

王様の言葉に、高校生っぽい人と眼鏡の人が揃《そろ》って首を傾げた。

「どこにあんだよ、そんなもん」

……筋肉の人はそう聞くけど、さっきまで寝てたような……まぁいっか……

それにしてもステータス、かぁ。これも異世界ものじゃ定番。でも確かに、どこかに書いてあるわけじゃないし、「教えて」と言われてもわからない。……背中とかに書いてないよね？

王様は戸惑う私たちを不思議そうに眺めていたけれど、合点がいったというように大きく頷いた。

「あぁそうか。お主《ぬし》たちの世界には、このようなものがないのだったな。魔法を使うのだ。【ステータス・オープン】と唱《とな》えてみよ」

魔法!? この世界、魔法があるの？ そしてステータスっていうのは魔法で見るものらしい。ええと？　【ステータス・オープン】だっけ？　それを言えばいいのかな？

「【ステータス・オープン】……きゃっ」

唱《とな》えた瞬間、私の目の前に半透明のパネルみたいなものが出てくる。ヴンッ！　って音がしていきなり出てきたせいで、小さな悲鳴が出てしまった。誰にも聞かれてないといいなぁ……慣れるには時間がかかるかもしれない……

それで、私のステータスはなんだろう？

ミサキ・キサラギ　十八歳
Lv：1
職業：村人
スキル：〈言語適正（人）〉、〈光魔法〉、〈回復魔法〉

で、確かめてはみたものの、私の職業は「村人」ってなってる。

……村人？　村人が魔人云々《うんぬん》に勝てるとは思わないんだけど……ていうか、村人って職業だったんだ……どんな職業なんだろう……完全に一般人じゃない？

確か召喚されるのは勇者と仲間だ、って話だったよね？　村人に勇者の素質はないと思うなぁ……農民勇者？　あ、でも私、魔法が使えるみたい……

「して、どうかね？　教えてくれ」

王様は目をキラキラさせて聞いてくる。

でも、これはこのまま伝えても大丈夫なのかな？　すごくワクワクしてるような、王様の期待が痛いです……

悩む私とは反対に、男性たちが名乗り始めた。最初に声をあげたのは高校生っぽい人。勢いよく立ち上がって自己紹介をしている。

「っし！　ケン・カトウ、職業は勇者だ！」

……おぉー、この人が勇者なのかぁ。本人はだいぶやる気に満ち溢《あふ》れてる。

「……タクマ・ササキ。賢者《けんじゃ》、となっているな」

「カイ・コンドウ。……武術師範《ぶじゅつしはん》？　だとよ」

眼鏡さん……ササキって人が賢者、コンドウって名乗った筋肉さんが武術師範と。

……あれぇー？　皆、村人じゃないの？　私の場違い感が半端ないですけど。名乗るたびに「おぉー」って歓声があがっているこの空気の中で、私だけ「村人です」って言ったらどうなるか……いけない……震えてきた。

「そなたは？」

「は、はい……」

う、全員の視線が私に集中してる……精神にすごいダメージがっ……ええい、正直に言っちゃえ！　もうどうなっても知らない。

「……ミサキ・キサラギです。……その、村人です……」

「「「……は？」」」

うぐぅ……全員の表情がなくなった瞬間、ちょっと怖くなった。な、なりたくて村人になったんじゃないのに……

「今、なんと？　……村人、と申したか？」

王様、呆然としちゃってるよ……

「……はい」

「……はぁ……」

これ見よがしのため息。……うん？　なんか今度は嫌な視線を感じる……王様の周りの人たちがニヤニヤしていて、「村人なぞ……」とか、「失敗か……」とかって聞こえてくる。失敗って、私なんかした？　勝手に呼び出したクセに……

そんな私の抗議の視線を無視して、王様は重々しく口を開いた。

「……ミサキを別室に案内せよ」

「……はっ。……こちらへ」

お付きの一人が、私をドアのほうに促《うなが》す。

むぅ、どこか釈然としない。でも、今の私には指示に従う以外の選択肢はないし……

別室って言ってたけど、私これからどうなるんだろう……

「……ではなかったか……」

退出する寸前、王様がなんか呟いてたけど、私にはよく聞き取れなかった。


これからどうなるんだろう……とか、ここどこ？　とか、あれこれ考えながら歩くことしばらく。私の息が上がり始めた頃、ようやく先導してくれてる人が立ち止まった。

このお城広すぎ……

「ここでお待ちください」

「え？　……はぁ……」

そうして案内されたのは、ほんとにさっきの部屋と同じお城の中なのか、怪しく思える部屋。すごく質素《しっそ》で窓もないし、木の椅子は壊れそう……ちょっと不安だけど座ってみる。……あ、大丈夫だった。ギシッ……って変な音がしたのは気のせいってことにしとこ……私は重くない。メイドさんと思《おぼ》しき格好の人がお茶を持ってきてくれて、先導の人と一緒に退室していった。部屋に一人……

ていうか、ここどこなんだろう……なにしてればいいの？　机の上にはろうそくしかないし……

とりあえず座ったまま、ぼーっとしてみたけど……

「……うーん？」

さて……ここに連れてこられてどれくらい経っただろう。

窓がないので、時間の経過がわかりにくい。それに誰も来ないから、教えてももらえないし。

あまりにも静かで、もしかして私閉じ込められてる!?　って不安になったけど、ドアノブをひねったら普通に開いた。まぁ廊下には誰もいなかったんだけどね。ここから出ても迷うのは目に見えてるから、おとなしく待ってるけど。

「……まさか、なんにも説明なし……とか？」

だんだん待ってるのにも飽きてきたよ。こっちの世界に来る前に持っていたものは、起きたときにはなくなっていた。要するに、暇つぶしの道具すら、今の私にはないのです。携帯も、借りた本も、なにもかも。

やることがなくて、ろうそくの火をじーっと眺めていたとき、後ろにあったドアがいきなり開いた。

「きゃぁぁぁ!!」

あまりにも突然だったので、私は本気の悲鳴をあげた。誰!? ノックくらいしてよ、もう!? 心臓止まるかと思った……

「…………君が、村人で召喚された……ミサキ……だったか?」

驚きすぎて心臓がバクバクしてる私を気にも留めずに、顔をしかめたおじさんが部屋に入ってくる。

……あ、この人さっきの部屋にもいたっけ。レディーの部屋に、ノックもなしで入った謝罪はなしですか、そうですか。王様の近くにいたはずなのにマナーの欠片《かけら》もないし……とりあえず頷いてみたら、おじさんは持ってきてた椅子に座って話し始めた。……部屋の端っこにいる私に向かって。びっくりして壁際まで逃げちゃったんだよ。

「……単刀直入《たんとうちょくにゅう》に言おう。君は、召喚に巻き込まれてここにいる」

「…………はい?」

「本来、勇者召喚で呼び出されるのは、勇者、もしくはそれに準ずる素質を持った者だけだ。……村人に素質があるとは思えんな」

それは私も思ったけど、なんでわざわざこんなところで、こんな時間をかけて伝えたんだろう……それに、村人であることを小馬鹿にしたような話し方も好きじゃない。なりたくて村人になったわけじゃないし。

「全く……実に不憫《ふびん》だとは思うが……君が巻き込まれたというのは、事実だ」

「………そうですか」

絶対、絶っ対、不憫《ふびん》だとは思ってないでしょ、この人。明らかに笑いを堪《こら》えてるし、ニヤニヤした表情はどんどんひどくなるし。村人ってだけでこの扱い……

……正直、この人とはあまり話をしたくはない。でも、どうしても聞いておかなきゃいけないことがある。不快感を我慢してでも、ね。

「……私は、日本に帰れるんですか？」

……そう。召喚は、儀式だって言ってたはず。なら、帰す儀式もあるんじゃないかと思った。私に用がないなら……いつまでもここにはいたくない。そう思ったんだけど……

「無理だ」

「……え？」

「勇者召喚は呼び出すための儀式だ。帰る方法など知らん」

……無情にも突きつけられた現実。どうやら私は巻き込まれて召喚された挙句《あげく》、帰ることもできなくなってしまったらしい。なんて無責任な……

「さて、君が勇者ではない以上、王宮に置いておく理由はない」

「……はい？」

「明日には、城を出ていってもらおう。これは王命だ」

「え、ちょ……」

「ああ、服と資金くらいは用意しておこう。この国で、その格好のままでは目立つ。今の服は置いていけ」

「あの……」

「では。寝所《しんじょ》は外のメイドに聞くように」

――バタンッ。

おじさんは、言うだけ言って、行ってしまったんだけど。

……ちょ……嘘ぉ……一方的に、明日出ていけとか言われた……反論すらさせてもらえなかった……お金もらっても嬉しくないし、そもそも、私この世界のことなにも知らないんだけど？　せめてお金の使い方とかね？　教えてくれてもいいんじゃない？

しばらく呆然としたけど、もうどうしようもない感じだったし、諦めることにした。

寝所《しんじょ》がどうこう、ってことは外は夜ってことだろうし、今反抗して放り出されたら大変だからね。

ドアを開けてきょろきょろメイドさんを探す。外のメイドって言ってたから、部屋の外にいると思ってたんだけど……まさかの部屋から少し離れた中庭にいた。来るときは気がつかなかったけど、ここは一階の端っこだったみたい。

「……」

メイドさんに、そこから手招きされる。

「？　ついてこいってこと？」

私が近くに行った途端、彼女はくるりと後ろを向いて歩き始める。

「あの……？　どこに向かってるんですか？」

「……」

「なんか、建物ボロくなってるんですけど……」

「……」

……なにを聞いても、全く答えてくれないメイドさん。振り向きもしないし、普通に無視されるしで、先に私の心が折れた。しばらく無言で歩く。

「こちらをお使いください。では」

……ようやく聞いたメイドさんの声は、寝所《しんじょ》に着いたときのこれだけ。

で、中庭を突っ切って案内されたのは、さっきまでいた部屋の複製みたいなところだった。違うのは、こっちにはベッドがあること。すっごく硬いけど、あるだけマシだと思おう……乗っても軋《きし》まない……どころか、全くへこまないけど……硬い……

果たしてこれで眠れるのかなと思ったけど、疲れていたのか、すぐに微睡《まどろ》んできた。それほど寒くなかったので、毛布を体の下に敷くことを思いついたのはよかった。硬さが少しまともになったからね。……でもだいぶ硬い。

……私は犯罪者かなんかですかね。酷《こく》な扱いだなぁ……

そんなことを思いながらも、私はいつの間にか眠っていた。


そして翌朝、例のメイドさんに起こされた。起こされるまで寝てるなんて、いつぶりだろう。あの硬さで体が痛んでないのは奇跡かなぁ……

持ってきてくれたご飯を食べて、手渡された服に着替える。

……ん？　この服、サイズピッタリなんだけど……一体どうやって私の服のサイズを……いや、考えるのはやめよう。知らなくても大丈夫だから、きっと。ちなみに、靴までピッタリだった。

「着ていた服はこちらへ」

「……」

質素《しっそ》な服と交換するのはなんか嫌だけど、日本の服が目立って誰かに目をつけられるのも嫌だからしょうがない。

それから予備として渡された衣類の入った袋を持って、私は王城の入り口に連れていかれた。……人が全然いない。

「来たか……これを」

あ、昨日のおじさんだ……護衛なのかなんなのか、五人の兵士っぽい人たちと一緒に現れた。おじさんは持っていた小さな革袋《かわぶくろ》をメイドさんに渡す。私はメイドさんからそれを受け取ったわけだけど……なんで直接渡さないかは、あえて聞かない。それを聞いて大丈夫なほど、私は強いメンタルしてないもん。

「確かに渡したな。よし行け」

おじさんは満足そうに頷いている。

「…………お世話になりました……」

く……なんか悔しい。なに、この扱い。大してお世話にもなってないし。しっしって感じの、あの手がまたムカつくぅ……偉い人じゃなきゃ張り倒してしまいたい。でも、武器を持った兵士がいるし、そんなことできないのはわかってるけども。

――ギィィィィ……バタンッ。

私が門の外に出た途端、重い音を立てて門扉が閉まった。

……私、明らかに追放されたよね、これ。

なんにも知らない女の子ポイ捨てして楽しいですか！　無駄なのはわかっていても、愚痴《ぐち》らずにはいられないよ。

……もう諦めよう。王城は頼れない以上、ここからは自力でなんとかするしかないし。

まずは情報を集めて、そしてどうやって生活するか考えないと……言葉はわかるし、きっとなんとかなるはず。

如月美咲改め、私はミサキ・キサラギ。新しい世界で自由に生きます。日本にいる皆、ごめんなさい……帰ることはできなさそうです。……うん、頑張ろう！

第二章　異世界生活の始まり

私が追い出されたのは、王城の裏門からだったらしい。門番っぽい人が一人しかいなかったし。外に出てみると、王城は一番高いところにあるみたいで街が一望できた。その果ては大きな壁でぐるっと囲まれていて、隣街は見えないけど……とりあえず、下りてみよう。

しばらく坂を下っていくと、活気のある街にたどり着いた。改めて辺りを見回してみて、ここはほんとに異世界なんだなぁって思う。

テレビで見た、中世のヨーロッパを思わせるような街並み。ゴトゴト音を立てながら馬車が走っている。

道行く人の髪は赤とか青とかカラフル。剣や槍《やり》などの武器を持った人に、自分より大きい荷物を持った人もいる。日本じゃ絶対にありえない光景だね。

しばらく大通りを歩き続けてみたけど……特に行くあてもないし、疲れてきた。城を出たときよりだいぶ太陽が高くなってるし、休憩がてら現状を確認しよう。ちょうど見つけた広場のベンチに腰かける。
「……【ステータス・オープン】」

ミサキ・キサラギ　十八歳
Lv：1
職業：村人
スキル：〈言語適正（人）〉、〈光魔法〉、〈回復魔法〉

昨日も見たステータス。この世界の言葉がわかるのは、多分〈言語適正（人）〉っていうスキルのおかげ……（人）が気になる……でも今は特に問題ない。歩きながら看板とかで確かめたけど、見たことないはずの文字が読めたし、多分書ける。なんとなーくだけど文体がイメージできるし。

……で、次は荷物。ナップサックみたいな革製の袋を渡された。中身は、着替えが二着。今着ているものもあるから、衣類には困らないかな。……ん？　これは……小さい水筒？　映画とかで見たことのある革製のやつ……でも中身はカラ。それと、お金の入った小袋。中身は十円玉サイズの金貨が五枚だった。この国の物価は知らないので、どのくらいの金額かはわからない。

ていうか……

「少なぁーい‼　もうちょっと用意してくれてもいいじゃん……せめて情報よこせー‼　……あ」

と、思いっきり叫んでから気がついたけど、ここ広場だった……

慌《あわ》てて辺りを見回してみたけど、そこそこいる通行人が気にも留めていないので、逆に恥ずかしくなる。

……ま、まぁとりあえず、どこかで情報を得ないと。このままふらふらしてるのはよくないよね。

うーん……私が読んでたファンタジー小説とかだと、異世界に飛ばされたら、まず冒険者ギルドに行くのが多かったけど……この世界にもあるのかな？　とりあえず、通行人に聞くのがいいのかな？

ちょうど目の前を人が通り過ぎたし、この人でいいかなぁ……

「あのー……すみません……」

「お？　なんだ、どうした嬢ちゃん」

「……う。その、えーと……」

……勢いで話しかけたけど、その人はかなりの強面《こわもて》だった。大きな体に禿頭《とくとう》。顔に古そうな傷があって、厳《いか》つさを引き立てている。一瞬で話しかけたことを後悔したけど、いまさら「なんでもないです」って言って離れるのも申し訳ない……

「ちょっと、道とかいろいろお聞きしたいんですけど……」

「あん？　迷子か、嬢ちゃん」

「ええ、まぁ……」

……意外といい人そうだけど、嬢ちゃんって……私そんなに子どもに見えるのかな……いや、若い分には構わないってことにしとこう。なにも知らない大人よりは、なにも知らない子どものほうがマシな気がする。泣いてなんかない。

「私、あんまりこの国に詳しくなくて……」

「どっか田舎から出てきたのか？」

「まぁ……そんなところです」

なんか、思ったよりもスムーズに話が進む……おじさんがいい感じの勘違いをしてくれてるし、田舎から出てきた設定はこのまま使おう。一から説明して「異世界人です」なんて言っても、信じてくれるとは思えないからね。

……っと、質問質問と。

「この国にギルドとかってありますか？」

「ギルド？　冒険者ギルドのことか？　ならあるぜ」

「ホントですか!?」

おぉ！　幸先《さいさき》いい！　この世界にもギルドはあったらしい。……でもここで油断しちゃいけない。ここでいう冒険者が、私の思ってる冒険者と違ったら困るし。

「その、冒険者っていうのは……なにをするんですか？」

「……それも知らねーのかよ、マジで田舎から来たんだな。冒険者っつーのはまぁ、便利屋だな」

「便利屋？　ですか？」

……このおじさん、説明がだいぶザックリしてるな……

「悪《わり》ぃ、説明が足りなかったな。具体的なことが聞きてーんだろ？」

私のがっかりした顔を見たおじさんが、頭をカリカリ掻《か》きながら説明してくれた。

「と言っても、マジで便利屋だからなぁ。俺ら商人とか、街の住人が困ったら、冒険者ギルドに依頼を出す。犯罪にならなきゃどんな依頼でもいいからな。で、その依頼を受けて仕事をすんのが冒険者だ。報酬さえ用意できりゃ、飯作ってくれっつー依頼でもやるらしいぞ。俺は頼んだこたぁねーけどな」

「……なるほど」

……この人、この厳《いか》つい見た目で商人だったんだ。いや、今はそれはどうでもいいか。話を聞く限り、冒険者って確かに便利屋っぽいね。でもご飯作ってくれるって……うーん……冒険してるのかなぁ、それ。

「魔獣とか、倒したりしないんですか？」

「するぜ。っつーか、それが本職だ」

「あ、するんだ……」

よかった。私が思い描いていた、まさに冒険者ってこともやってた。剣とか装備して、魔獣倒してくるぜ！　みたいな。ハンター的な仕事をする人、っていうイメージでいいのかな？

「他になんか聞きたいこと、あるか？　こうなったらとことん付き合ってやるぜ？」

「ありがとうございます。あ、じゃあ物価とかも教えてもらっていいですか？」

「おう。嬢ちゃんいくら持ってんだ？」

この人は実は超いい人なのかもしれない。せっかくの厚意だし、ここは遠慮なく聞こう。……私が持ってるお金なんて、ポケットに入れたコレだけだし。それを手のひらに載せて、おじさんに見せる。

「……全財産です」

「…………小金貨五枚？　マジか……」

マジです。小さいけど金貨だし、それなりにいい硬貨なのかと思ってたけど……違うみたい。おじさんが絶句する金額……しかも憐《あわ》れむような目を向けられるとなると、もう嫌な予感しかしない。

「……あの？」

「あ、あぁすまん。こりゃヤベェな……とりあえず、それ仕舞《しま》え」

私が硬貨を仕舞《しま》うと、おじさんは懐《ふところ》から三枚の硬貨を出して見せてくれた。一円玉くらいの銅貨、私も持ってる小金貨。そして小金貨より二回りくらい大きな金貨。

「……いいか、もう往来で全財産なんか出すなよ？　……まぁそれはそれとして、これはこの国の通貨だ。銅貨、小金貨、大金貨っつー名前だな」

「銀貨はないんですか？」

「……あるっちゃあるが、俺は持ってねぇ。あったとしても、こんなとこで出すようなシロモノじゃねーからな」

……おじさんの説明によると、銅貨は雑貨の購入や食事、寝るだけの簡易宿の宿泊に使う、一番価値が低い貨幣。小金貨は銅貨百枚分の価値で、服とか武器の購入に使えるらしい。大金貨は小金貨十枚分。さらに銀貨は、なかなかお目にかかれない最上級の硬貨。銀は滅多《めった》に採《と》れない超貴重な金属だからなんだとか。

大金貨は日本円で約一万円、小金貨は千円、銅貨は十円ってとこかな。……ん？　ということは……

「……あれ？　じゃあ私が持ってる金額って……」

「かなりひどいな。一日……いや、半日で使い切れるぞ。いい宿なんか泊まったら一発だな」

「……嘘ぉ……」

……知らされた衝撃の事実。どうやら私は一瞬で使い切れるくらいのお金で、なにも知らない世界に放り出されたってことになる。私の全財産は五千円？　王様殴りに行ってもいいかな？　ちょっと棒でタコ殴りにしたい。

「……まぁ、ギルドについて聞いたってこたぁ、嬢ちゃん冒険者になるんだろ？」

「……へ？　あ、そうですね？」

「なんで疑問形なんだよ。その所持金じゃなにもできねぇだろ？　王都の冒険者ギルドはこの先だ。しばらく行くと下り坂になってるからな。そこをずっと行けば大通り沿いに看板がある。でっかく冒険者ギルドって書いてあるから、まぁ間違えたりしねぇだろ？」

「……そうですね……」

そっか、その手があった。ギルドには行くつもりだったけど、冒険者になるっていう選択肢はなかった。お金がないなら稼《かせ》ぐしかない……そして冒険者は便利屋。村人の私にもできる仕事があるかもしれない。おじさんは親切に道まで教えてくれたし……冒険者になるのもいいかも。

「まぁ、俺が教えられんのは、こんなとこか」

「あ、ありがとうございました」

「おう。頑張れよ、嬢ちゃん。気ぃつけてな」

おじさんは軽く手を振って雑踏《ざっとう》に消えていった。あ、おじさんの名前聞いてないや。

結局最後まで嬢ちゃん扱いだったけど、すごい親切だったし……まぁいっか……今度会ったらお礼しよう……所持金五千円だし、なにもあげられないけど……

「……って、ふざけんなぁー!!　……あ」

……ああ、また往来で叫んでしまった……さっきも同じことをしたのに、私はほんとに学習しない……やっぱり誰も気にしてないし、逆に恥ずかしい。よし、今度こそ……今度こそ気をつけよう。

いろいろわかったことだし、ここは当初の予定通り、ギルドに向かおうかな。武器振るって戦うとかは考えてないけど、冒険者になれば仕事ができるはず。大きな看板が目印だって言ってたし、大通り沿いらしいから迷うこともないよね。それならなんとかなりそう、かな。

それから歩くことしばらく。

「はぁ……あ、あった。ここかぁ……」

ようやく私は目的の看板を見つけた。いやぁ長かった……上から見たときはそうでもなかったけど、この街とんでもなく広い。途中から下りになってなかったら、私の体力はとうに尽きていたはず。

「ここが、冒険者ギルド……」

しかもギルドが建っていたのは、街をぐるっと囲む外壁がすぐそこまで迫るほど端。……なんでこんなところにあるかは知らないけど、おじさんに距離くらい聞いておけばよかった……いや、聞いたら聞いたで嫌になってたかも。

「……うぅ……」

「……ん？」

あれ……ギルドの前に女の子がいる。入り口の前であっちに行ったりこっちに行ったり……実に挙動不審《きょどうふしん》。なにか困り事があるのかもしれない。お金がありません、にはお役に立てそうもないけど。その子は同年代っぽい。ここに来るまでに女の子はあまり見かけなかったから、すごく気になる。

「……ねぇ、どうかしたの？」

「っわぁぁぁっ‼」

意を決して声をかけた瞬間、その女の子はピョンって飛び上がって驚いた。後ろから話しかけたのは間違いだったかもしれない。それでもちゃんと振り返ってくれた。……あ、可愛い……

「あの……あなたは……？」

女の子の声には警戒心が滲《にじ》み出ていた。うん……いきなり声かけてごめんなさい。

「あ、ごめんね……私はミサキ。なんか困ってるのかなぁって思って」

「そうでしたか……あ、わたし、ミュウっていいます」

私が声をかけた女の子はミュウって名前らしい。低めの身長で、サラサラの茶髪に白い肌、青空みたいな色の澄《す》んだ目。ボブカットの髪が動物の耳みたいに左右にはねてる、文句なしの美少女。……私が男なら一目惚れもあり得た……

「なにか困ってた？」

「えっと……はい。ちょっとだけ……」

「私には敬語じゃなくてもいいよ？　……私が使ってないし……」

「え？　そうで……そう？　わかった」

なんか同年代の子に敬語を使われるのは、ムズムズする。仲良くなりたいし。ミユウも納得してくれたみたいでよかった。

「……えっと、ミサキは冒険者？」

ミユウが尋ねてきたから、私は首を横に振る。

「まだ登録してないから違うよ。今からしようかなって」

「そっか。……実はわたしもまだなんだ……」

「え、そうなの？」

これはちょっと驚いた。ミユウは短めの剣を持っていたから、てっきりもう冒険者なんだと思ってた。でも、まだ登録はしていなかったらしい。

「それでね？　ミサキ……お、お願いがあるんだけど……」

「うん」

「わたしと……その、一緒に冒険者になってくれないかな？」

「……うん？」

ど、どういうこと？　ミユウの悩んでることって、それのこと？　……でもなぜに？

ここまで準備できているミュウなら、一人で冒険者登録できそうなんだけど。……お金がかかるから払ってほしい……はないと信じたいね。

「一緒に？　またどうして……」

「……わたし、一人でいるとものすごく緊張して……でも、ミサキといると安心できるっていうか……それで……その」

「あー……」

……ミュウは一人で登録するのが嫌というか、心細いのかな？　一人だと不安になることはよくあるよね。私も少し緊張してきた。でもそういうことなら、私としても願ったり叶ったり。ついでに私のお願いもしてみようかな……

「もちろんいいよ」

私が答えると、ミュウはパァッと顔を輝かせた。

「ホントに!?　やったぁ！」

花が咲くような、っていう表現が一番合う、ミュウの笑顔。同性の私ですら見惚《みと》れてしまうほどの可憐《かれん》さ。……これはなんとしてもお願いを聞いてもらわなくては……

「……ミュウ、私からもお願いがあるんだけど……」

「え？」

「私と、友達になってくれないかな？」

ミュウが私といると安心できるって言ったように、私もミュウと一緒にいたい。……というのもあるけど、つまるところ私も、心の拠《よ》り所《どころ》がほしいんだと思う。この世界に知り合いは誰もいないしね。さて……返答やいかに。

「もちろん!!　こちらこそ、よろしくね？」

「うん……ありがとう、ミュウ」

再び咲いた満面の笑み。よかった。なんだろう、すごく嬉しい。

「改めて、ミサキ・キサラギ、十八歳です。よろしくね」

「ミュウ・アルメリア、十六歳です。年上だったんだね……ミサキ」

こうして私は、異世界で初めての友人を手に入れた。……ミュウに年下に見られていた気がしなくもないけど……この際どうでもいい。だって友達できたの嬉しいし。

……そのまましばらく話し込んでいたら、太陽が傾いてきた。道には、帰宅途中らしい人たちが増えている。私たちは、やっと冒険者になるためにギルドに入った。このまじゃ日が暮れる。

中は人でごった返していて、初めて来た私には、どこになにがあるのかわからない。日本最大級の同人誌即売会……行ったことはないけど、映像で見たことがあるアレに似てる……武器がコスプレに見えないこともない。

それでも意外とすいすい進めるのは、ミュウが私の手を引いてくれるから。さっきまで入り口でウロウロしていたのが嘘みたいに歩くミュウ。水を得た魚……じゃなくて、友を得たミュウは人の波を掻《か》き分けて進む。

「んー……あ、こっちだよ、ミサキ！」

「あ、うん」

「あった……登録受付……」

「おー……着いた……」

思ったよりも広い施設の中、ミュウのおかげで迷わずに登録受付まで来られた。ミュウはなんでわかったんだろう？　って辺りを見回したら、天井に案内板があった……はい、全然気がつきませんでしたね。

「いらっしゃいませー。登録ですか？」

スタイル抜群で桃色の髪のお姉さんが私たちに微笑みかけてくる。

「はい……二人で」

「かしこまりましたー。ではこちらへどうぞー」

受付嬢さんとのやりとりはミュウがやってくれた。

登録は奥の部屋でするみたい。またミュウに手を引かれて、受付嬢さんについていく。

通された部屋にはテーブルがあって、その上に水晶玉みたいなものが並んでいる。ミュウとしばらく待っていると、なにかの書類を持って戻ってきた受付嬢さんが、ポニーテールを揺《ゆ》らしながら言った。

「では、これより冒険者登録を行《おこな》います。……一応聞きますけど、お二人とも犯罪歴はないですよね？」

「「はい」」

「なら大丈夫ですね……重い犯罪歴があると冒険者になれないことがあるので。さ、始めましょう」

犯罪歴……王城で犯罪者っぽい扱いを受けてたけど、あれはカウントしないよね？　間違って呼ばれただけで、私はなにも悪いことはしていないもん。そもそもこの国の法律とか知らないから、実は……ってことがありそうなのが怖いけど。ないと信じたい。

「登録はこの水晶で行《おこな》います。手で触《ふ》れて、楽にしてください」

「へぇ……」

「あ、繋いだ手は離したほうがいいですね。魔力が混ざってしまうかもしれないので」

「え、あ、はい」

……そういえば、まだミュウと手を繋いだままだった。魔力、っていうのがいまいちピンとこないけど、混ざると登録に支障が出てしまうらしい。スキルに魔法があったし、村人の私にも魔力はそこそこあるんじゃない？

「じゃあ、触《ふ》れたまま【登録】と言ってください」

「「……【登録】」」

――――キィン……

私たちが言うと、高く、澄《す》んだ音が響いた。触《ふ》れている水晶の内側から、光が溢《あふ》れ出している。強烈な光なのに、その穏やかな黄色の光は、眺めていても眩《まぶ》しくなかった。

綺麗な光……

ふと隣のミュウを見てみたら、そっちは淡《あわ》い水色の光だった。ミュウの光は優しいっていう表現がぴったり。水色も綺麗でいいなぁ……なるほど……魔力の色は人によって違うのか……確かにこれは混ざったらややこしくなるね。

「はい、もういいですよー」

受付嬢さんの言葉に、私とミュウは水晶から手を離す。思ったよりも短時間だった。これで終わりなのかなーって思ってたら、受付嬢さんはクレジットカードくらいの大きさの黒いカードを取り出した。

「……【複写】」

受付嬢さんがそう言った途端、コァッという不思議な音を立てて水晶の光がカードに吸い込まれていく。すると、真っ黒だったカードに黄色の縁取りができた。ミュウのカードは水色の縁だった。

「はい完成ー。間違いはないですか？」

受付嬢さんからカードを受け取って見てみたら、表面に私の名前が載っている。裏面には、複雑な模様が浮き出ていた。

「ええと……はい、大丈夫みたいです」

「わたしも大丈夫です」

私とミュウが頷くと、受付嬢さんはにっこり微笑んだ。

「ならよかったです」

……ただ水晶に触《ふ》れていただけなのに、カードができあがる不思議。魔法ってすごいんだなぁ。

「ねぇ、ミサキのカード、見たいなぁ」

ミュウが私のカードを覗《のぞ》き込もうとする。

「いいよ。私もミュウの見たい」

せーの！　の声に合わせてカードを見せ合いっこした。

冒険者ライセンス
ミサキ・キサラギ　十八歳
職業：村人
ランク：F

冒険者ライセンス
ミュウ・アルメリア　十六歳
職業：冒険者
ランク：F

「……あれ？　職業変わってない……？」
私のカードの職業欄は村人のまま。ミュウは冒険者なのに……この世界だと職業って変えられないのかな。

「あぁ、ミサキさんは一度村人で職業登録されているんですね。ステータス表記の職業は変更できませんが、ライセンスを持っていれば冒険者として活動できるので大丈夫ですよ」

「そうなんですか。……よかった」

受付嬢さんが教えてくれて、ホッとした……これで冒険者になれませんって言われたら泣いたかもしれない。ていうか、この国の普通の人は職業選択の自由があるのに、召喚された私は最初から決められてた上、村人って……ひどくない？

「それにしても……」

受付嬢さんは持っていた書類をパラパラめくりながら言う。

「冒険者登録された皆さんのステータスは、こちらの書類に【複写】されるのですが……ミサキさんには魔法の才能があるんですねぇ。〈光魔法〉に〈回復魔法〉……魔法系スキルが最初から複数ある人は珍しいですよ」

受付嬢さんがまじまじと書類を見てる。そんなすごいんだ、村人なのに？

「へぇ……」

「あ、でも……強化系のスキルがないので、戦闘には向かないかもしれませんな。戦闘なら後衛か……治癒師《ちゆし》の仕事などもいいかもしれませんね。〈回復魔法〉の使い手は希少《きしょう》なので」

「そ、ソウデスカ……」

結構言われた。ちょっと傷つく……まぁ私が武器持って戦う未来なんて見えないし、お姉さんはアドバイスをしてくれてるんだろうし……

「ミュウさんはすごいですねぇ。冒険者がほしがるスキルだらけです」

あ……お姉さんの標的がミュウに移った……

「……よかったぁ……」

「〈身体強化〉があれば女性でも戦闘はできますし……〈探知〉があれば魔獣を見つけやすく……さらに〈鑑定〉で質のいい採集ができて……いいですねぇ」

……お姉さんがミュウをべた褒《ほ》めしてる……当のミュウは嬉しいのか恥ずかしいのか、目が泳いでいるけれども。これ以上言ったらミュウが逃げちゃいそうですよ、お姉さん……

それにしても、私のスキルがやたら魔法寄りなのはなぜだろう。それだけ才能があったと喜ぶべきか、ミュウみたいな冒険者向きのスキルがなかったと嘆《なげ》くべきか……いや、日本じゃ使えなかった魔法が使えるんだから、喜んでいいはず。そういうことにしておこう。

……ミュウがそろそろ逃げ出しそうだから、話題を変えようかな……

「あの、これで終わりですか？」

私が尋ねると、受付嬢さんはパッとこっちを向く。

「んぇ？　あぁはい。登録は完了ですよ」

「……登録料とかは……」

「あ、それはかかりません。登録は無料です」

「……っはぁー……よかった……」

よく考えたら、お金のことはあらかじめ聞いておけばよかったんだよね。これで費用がかかりますって言われたら、どうしようかと思ったよ。これで私の一番の心配事も解消された。

私がホッとしていると、受付嬢さんは改めて私たちに向き直った。

「では、説明をします。このカードは、冒険者ライセンスといいます。依頼の受注に必要で、依頼を成功させると、成果がこのカードに記録されます。そして、一定の成果を上げるとランクが上がるシステムです。ランクの話は後《のち》ほど。あっ、なくさないでくださいね。再発行は時間もお金もかかりますから。小金貨五枚は意外と高いですよ」

……ほとんどポイントカード？　いやまぁ実際そうなんだろうけど。デパートのお姉さんの説明にすごく似てるし。再発行は私の全財産と同じ……高いなぁ……

「カードを持っていれば、世界のどこのギルドでも依頼を受注できます。護衛依頼や遠征などで国外に行くときも必要になりますので」

「なるほど……」

「身分証明にも使えますよ。街への出入りの際は通行料がかからなくなります。冒険者は討伐にしても採集にしても、街の外に行くことが多いですからね」

おぉ……なかなか便利な冒険者ライセンス。でもそうか、いちいちお金を払って出入りするのも嫌だよね。

「先ほど少しお話しした、ギルドでのランクの確認にも使います。ランクは、依頼の達成や仕事の功績を考慮して上がります。まぁ採集や雑用系は相当数をこなさないといけませんが……で、お二人は登録直後なのでFランクですね。このランクは見習いだと思ってもらえば……」

「「はい」」

「自分のランクによって受けられる依頼が異なります。依頼はAからFまでの段階に分けられていて、自分のランクの一つ上の依頼までなら受けられます。ランクの高い依頼ほど、報酬も高くなりますよ。討伐系は依頼を受けていなくても、達成したという証明ができる部位……だいたいは魔獣の爪や鱗《うろこ》ですが……を持ってきてくれれば達成したことにしています」

この辺はだいたい予想通りかな。いきなり無茶するつもりもないし、地味な依頼でポイント稼《かせ》ぎでもしよう。なにか倒してって言われても無理です。即死する気しかしないもんね。

「最後に、さっき言った討伐証明部位の略奪や暴行などの行為は禁止です。冒険者資格の剥奪《はくだつ》もあり得ますので……気をつけてくださいね。……まぁ大丈夫だとは思いますが……」

うん、登録したの女の子二人だからね。そうそう加害者にはならないと思うよ。でも気をつけないと……資格剥奪《はくだつ》とかとっても嫌だ。

「ギルドの建物内での争いや問題行動も厳禁です。うっかり魔法で吹っ飛ばしたりしないでくださいね」

「「……」」

……そんなことはしないと言いたいけど、私のスキルはほぼ魔法……まだ使ったことないし、ないと言い切れないのがなんとも……うっかりには気をつけよう。でも、そもそも魔法を使えるようになるのが先かな？

「以上です。なにか質問はありますか？」

「いえ、大丈夫です」

「わたしも大丈夫です」

受付嬢さんが聞いてくれたけど、私とミュウは揃《そろ》って首を横に振った。

もしなにかわからないことがあれば、そのときに聞けばいい。とりあえず今は登録を終わらせて安心したい。

「はい、では……改めて。ようこそ！　冒険者ギルドへ！」

私とミュウはこれで冒険者の仲間入り。駆け出し冒険者になった。

「うあぁ……緊張したぁ……」

「わ、どうしたのミュウ」

登録が終わって部屋から出た途端、ミュウが大きなため息とともに崩れ落ちた。

「こんなの一人でなんて無理……」

「そんなに？」

「うん、ミサキがいてくれてよかったよ。……じゃなかったらまだ外にいたかも……」

……ミュウは、一体いつからあそこをウロウロしていたんだろう……気になって声をかけて正解……私の手を引っ張ってギルドの中に入った、あの勇《いさ》ましいミュウはどこ行った。あまりの落差に思わず苦笑が漏れた。

……と、なにかを考えるようなそぶりを見せていたミュウが、突然私をじっと見て、口を開いた。

「んー……うん！　ねぇミサキ」

「うん？」

「わたしとパーティー組まない？」

パーティーというとアレかな、一緒に行動する仲間になって、みたいな？　私はミュウにあれこれ教えてもらいたかったたし、このお願いを断る理由はない！

「うん、いいよ」

「ホント⁉　ありがとうミサキ！」

「よろしくね、ミュウ」

「うん！」

なにより……まだ会ったばかりだけど、ミュウと一緒にいると楽しいからね。ずっと一緒にいてくれるといいなぁ……

「一緒に頑張ろ！　ミサキ」

「うん！　頑張ろう！」

……まぁなんにせよ、私がするべきなのは勉強だよね。なんにも知らないままじゃ、冒険者どころか普通に生活するのも難しい。パーティーを組んだばっかりで申し訳ないけど、ミュウにいろいろお世話になろう……このままじゃマズい……

ちなみに、パーティーの申請もギルドに報告しなきゃいけなかったんだけど、登録をしてくれたお姉さんに言ったら……

「あらパーティー？　じゃ、これ書いてね」

「あ、はい」

こんな感じですぐ終わった。名前はなぜか『ミサキのパーティー』になったけど。ミュウがこれがいいって言って決めちゃった。なぜに私の名前……

その日の夕方、私とミュウは宿にいた。

依頼を受ける前に、とりあえず今日は街を見ておこうって話になったんだ。ミュウは王都じゃなくて、北のほうの街出身らしい。でも王都には何回か来たことがある……ということで、案内してもらった。あちこち見て回っているうちに、辺りが暗くなってきたから泊まるところを探したんだけど……安宿はなぜかどこもいっぱいで、ご飯つきで小金貨四枚の宿しか空《あ》いてなかった。……いや、高いなぁ……シャワーあるし、ご飯もおいしいから文句言えないけど……早速ほぼ一文無し《いちもんな》し……はぁ……

それはそれとして、もう少しこの世界のことを知って、明日からも頑張らないとね。

部屋でくつろいでいるミユウのほうを向く。

「ねぇ、ミユウ」

「ん？　なに？」

「私に、この世界のことを教えて！」

「え⁉　なに、急にどうしたのミサキ⁉」

ごめんねミユウ、意味わからないかもしれないけど、今の私は無知で一文無《いちもんな》しっていう大ピンチなのです。

でもこのままだとミユウは混乱してしまうだろうから、私は本当のことを包み隠さずミユウに話すことにした。

「……私、この世界の人間じゃないの」

「……え？　どういうこと？」

ミユウの頭の上に疑問符が溢《あふ》れ出した。まぁそうなるよね、目の前の人がいきなり異世界人だって言い始めたら、誰だってそうなるもん。でもミユウには知ってほしいから、なるべくわかりやすく話す。

「……勇者召喚、って知ってる？」

「うん……聞いたことあるけど……確か、魔人に対抗するために、勇者を呼び出す儀式……だっけ？　大昔からあるっていう……」

「そう、それ」

勇者召喚って意外と有名みたい。ホッとして先を話す。

「私ね……それに巻き込まれてここに来たんだ……」

話が早くて助かるけど、ミュウの反応やいかに……

「……………え」

「？」

「ええええええええ!?」

「うわびっくりしたぁっ!!」

ミュウの大声初めて聞いた……あれ？　叫んだ反動なのか、肩で息をしてるミュウの目が……キラキラしてる……？　ど、どうしたのミュウ……

「……勇者召喚……まさかミサキが……」

「ミュ、ミュウ？」

「でも納得……本物……へー」

「ミュウさーん？」

「そういうことなら……うん……」

「……おーい、ミュウさんやーい」

……どうしよう、ミュウの様子がおかしくなった。私を頭からつま先までじーっと見て、なんか呟いてる。物珍しげな感じで見られても、不思議と嫌な感じはしない。……けど、そろそろ話を続けたいな。

「えーと……ミュウ？」

「……はっ!?　ご、ごめんミサキ！」

「ううん、大丈夫……どうしたの、ミュウ」

……あ、ミュウが戻ってきた。この反応……どうも私が異世界人なのが嫌ってわけではなさそうだけど、なにを納得したんだろう……というか私、別に勇者じゃないからね？　あくまでも巻き込まれた村人だからね？

「はぁ……勇者召喚かぁ。ホントにいたんだね……召喚者って。伝説だと思ってた」

「私のこと、怪しいとか思わないの？」

「全然？　むしろいろいろ納得。黒髪黒目って見たことないもん……綺麗だけど」

「……そういえば……全然いなかった……」

ミュウに言われていまさら気づいたけど、この街に黒い髪の人はいなかった。金とか銀とか、赤とか青とか、カラフルな髪の人はいっぱいいいたんだけど。……あれ？　私が着替えた意味ってなに？　髪色でもう目立ってるなら、服もそのままでよかったんじゃ……無意味に取られた感が半端ない……。

そしてミュウは私が召喚者だって知っても、敬遠するどころかむしろぐいぐいくる。それはとてもありがたいことなんだけど、ミュウは思ったよりも明るい。というか……アイドルを前にした女子高生みたいな……って私アイドルじゃないけど。アイドルを前にしたこともないけど。

「えっと、世界のことが知りたいんだっけ？　……うん、わたしが知ってる範囲でよければいくらでも！」

「ほんとに!?　ありがとうミュウ～!!」

「ほっとけないもん。パーティーだし、友達だし……」

「ミュウ～!!」

……で、まずは私が今いるサーナリア王国について聞いてみたんだけど、衝撃の事実が……

「……え、この国、大国なの？」

「うん。規模だけなら世界有数……って聞いたことあるよ」

「……マジですか」

なんかこう……なんとも言えないけど、なんかね？　もやっとする。

勝手に呼び出して、村人だからって理由だけで叩き出した王様。私の中の王様株は急下落、もう上げる気もない。そんな王様が大国の統治者っていうのは……うーん。

次に、冒険者についても知らないことだらけだから、聞いてみた。

ミュウ曰《いわ》く、この国は冒険者がとても多いんだって。あちこちに宝があるとかなんとか……一攫千金《いっかくせんきん》狙いで他の国からも人が集まってるらしい。人が多いなら討伐系の仕事は私がやらなくても誰かがしてくれるんじゃ……村人の私にできる気もしないし、戦う必要もないんじゃ……？　逆にどんなことをするのか聞いてみたら、ミュウが答えてくれる。

「討伐じゃなくっても、薬草集めとか……街の外に行く機会も多いと思うよ」

「……だよね。戦えないとまずいかな？」

「んー……最低限自衛はできたほうがいいかな……」

「……頑張ります」

私たちが冒険者登録をしたのは王都のギルドだから、王都での活動がメインになるんだって。王都は壁に囲まれている。東西南北の四方にそれぞれ門があって、そこから他の街に出入りするんだけど、他の街に行くまでには平原や森があって、そこには人を害する魔獣がいるらしい。それを退治するのが冒険者の主な仕事なんだよね……

確かに、魔獣がうようよいる街の外に行くのに戦闘できません、じゃ厳しいかな……街の近くには魔獣は寄りつかないらしいけど、外に出ないとできない仕事も多そうだし。私に戦闘経験なんてあるはずないけど、身を守るなにかは必要か……魔除《まよ》け？　……効かなさそう。

それと、自分のスキルのこともよくわからないから、聞きたいんだよね。

「ねえ、ミュウ。私、自分のスキルの使い方が全然わからないんだけど……どうすればいいのかな」

「ステータスを開いて、詳細を見たいスキルを眺めるの。そしたら使える技が出てくるから、意識を集中させて、その名前を声に出すだけだよ」

そうなんだ。蓋《ふた》を開けてみればとっても簡単だった。試しにやってみようかな。

「……【ステータス・オープン】」

改めて確認。私が使えるスキルは〈言語適正（人）〉と〈光魔法〉、〈回復魔法〉。

〈言語適正（人）〉をじっと眺めていると、詳細表示になった。なになに……『あらゆる人の言語を理解する』？　……あらゆる人って、どこまで含むんだろう。もっと細かく知りたい。

まあ、気を取り直して、私が楽しみにしていた魔法を見てみよう。スキルに魔法があったときから、実は楽しみだったんだよね。今まで魔法とは無縁の生活だったし、嬉しくなるのは仕方ないことなんだよ。

気合いを入れて〈光魔法〉を眺めてみる。

〈光魔法〉……所持者に光属性の魔法を与える。

【サンクチュアリ】【ライト】【ライトアロー】

おお、これが私が使える魔法……

「ミュウ……魔法、ちょっと使ってみていい？」

「なんて魔法なの？」

小首を傾げるミュウに、私は答える。

「【サンクチュアリ】、【ライト】、【ライトアロー】っていうみたい」

「んー、わたしも知らない魔法ばかりだけど……【ライトアロー】はやめたほうがいいかもね」

確かに……アローって、矢のことでしょ。明らかに危険だよね、ここ宿だし。

そしたら、【サンクチュアリ】と【ライト】を試してみよう。

「【サンクチュアリ】!」

……あれ? なにも起きない。やっぱり私は村人だし、魔法使えないのかな……。ぼふっとお布団に寝転んだ。

しょんぼりする私を見て、ミュウが慰《なぐさ》めてくれる。

「ちょ、ちょっと調子が悪いだけかも! もう一つのほうやってみようよ!」

そうだ。もう一つは使えるかもしれないし、まだ諦めるには早いよね。意識を集中させて呟いた。

「……【ライト】」

……ううん、これは、できてるの、かな?

さっきと違うことといえば、手に持っている枕が光ってることだけなんだけど……

「……んー、うん。ちゃんと魔法できてるよ」

「……お、おぉぉ……!!」

憧《あこが》れの魔法を私は使っている……！　地味でも魔法は魔法だし！

きっと、【ライト】は持ってるものを光らせる魔法なんだね。嬉しくなっていたら、ミュウにちょっと笑われてしまった。

「ふふっ……ミサキは魔法が好きなんだね」

「う……だ、だって魔法使えなかったんだもん、前は」

とはいえ、もっとすごい魔法を使ってみたかったのも事実……

いや、まだ〈回復魔法〉がある！　こっちに期待しよう。

きっと〈回復魔法〉はファンタジー小説でよく魔法使いが使っているような、怪我とかを治せる魔法だよね！

でも、ミュウに怪我させるわけにいかないし、これは別の機会に確かめよう。

その他にもたくさんミュウは話してくれて、私もだいぶこの世界について知った気がする。

「ありがとう、ミュウ。おかげでいろいろわかったよ」

「どういたしまして」

だいぶ長い間話し込んでいたはず……なのに、嫌な顔一つしないで付き合ってくれたミュウには感謝しかない。今日初めて会った人にここまで優しくできるなんて……天使かな。

ちなみに、ミュウがかなりの知識人なのは、将来困らないようにって両親にいろいろ教わったからだとか。ミュウの両親は現役の冒険者で、経験したことや聞いたことなんかをミュウに叩き込んだらしい。お父さんからは戦い方とか魔獣について、お母さんからは雑学……スキルとか魔法について。子どものときから冒険者について触《ふ》れてきたから、ミュウは冒険者になったばかりなのに詳しいんだって。

突然ふわぁとあくびが出た。ウトウトしてるミュウに声をかける。

「……もう遅いね。寝よっか」

「うん、さすがにもう眠いや……」

「おやすみ、ミュウ」

「おやすみ……ミサキ」

冒険者としての活動は明日から。……少しでもお金を稼《かせ》がないと生活できない。心配事はたくさんあるけど、新たな異世界での生活に、胸が高鳴っているのも事実。

「ふふ……明日からは、本格的に冒険者だね、ミュウ」

「だね。頑張ろう」

「うん」

ミュウもワクワクしてるのか、眠る直前までテンションが高かった。しばらくくまた、おしゃべりを再開。

いつ眠りに落ちたかの記憶がないんだけど……それだけ疲れていたのか、朝が楽しみだったのか……多分どっちもだよね。


「おはようミサキ」

「おはよー……ミュウ。早いね……」

「うん、いつもなんだ。冒険者になるなら早起きしなさいってお母さんに言われてて。いつの間にか癖になっちゃったんだよねぇ……」


翌日、私が目を覚ましたら、ミュウはもう身支度を済ませていた。外はまだ薄暗いのに……一体いつから起きていたんだろう。昨日だってかなり遅かったよね？　え、私が怠《なま》けてるだけ？　そんなことないって言えないのがつらい……。


「……冒険者ってこんなに朝早いの？」

「うん。朝早くのほうが、ギルドに依頼いっぱいあるんだって。選び放題」

「……へぇー……」

「だから今くらいが一番多いらしいんだ……ギルドに行く人」

「……マジですか」

こ、これは慣れるまでは大変そう……頑張りますか。持ち物は極端に少ないし……あっという間に荷造り終了。バッグ一つに、今の私の全てが詰められる。手早く準備して宿から出た。ほぼ無一文《むいちもん》だし……早くなんとかしないと……ね。

宿はギルドから近かったので、出発してから割とすぐ着いた。

相変わらず人が多いなぁ……え、ということはあの人混みの中で依頼を探すの？　ちょっと厳しくない？

「……いい依頼、見つけられるかな……」

「んー……聞いたほうがいいかも」

「……うん？　聞く？」

「うん。受付嬢さんに」

そんなことできたんだ。にしてもミュウ、やっぱりすごく冒険者に詳しい……これがアルメリア家式冒険者英才教育の賜物《たまもの》かぁ……すごいね。

ともあれ依頼を探すなら、私の最低条件……武器がいらないって依頼を探さなきゃ。丸腰で街の外に出たら軽く死ねる。……あっても戦える気がしないけど。

「すみませーん」

「はーい……あら昨日の。もう依頼探しですか？」

早速昨日の受付嬢のお姉さんを呼ぶ。こういうときって、なんとなく知ってる人に聞きたくなるんだよね。

「はい。武器のいらない依頼ってありますか？」

ミュウが尋ねると、お姉さんはにこやかに頷いた。

「Fランクの武器なし……ありますね。ちょっと待っててください」

おお、意外と簡単に見つかりそう。よかった。

「お待たせしました。こちらですね」

「あ、結構ある」

どれどれ、とミュウと一緒にお姉さんが出してくれた紙を見る。

ランク　F
依頼者：ミラルバ
場所：ミラルバの薬舗《やくほ》
内容：薬草販売の手伝い。一日
条件：計算ができること

報酬：小金貨十枚。追加あり

ランク　F
依頼者：冒険者ギルド
場所：大通り
内容：どぶさらい。一定の量が終わるまで
条件：なし
報酬：小金貨十四枚

ランク　F
依頼者：教会
場所：教会周辺、大通り
内容：周辺のゴミ拾い
条件：孤児院と協力すること
報酬：銅貨八十枚。追加あり

ランク　F
依頼者：配送屋
場所：配送屋店内
内容：手紙仕分けの手伝い
条件：王都の地理、地図がわかること
報酬：小金貨四枚

「えー……」

お金もらってるからちょっと違うけど、ほぼ学生ボランティアみたいな内容……力のない私ではどぶさらいは無理、王都の地理なんてもってのほかだから仕分けも無理。ゴミ拾いか薬草販売か……ここは薬草販売かな？　それなりに実入《みい》りもいいし。

「ミサキ、どうする？」

「薬草販売……やってみたい。これなら私でもできそう」

「じゃあそれで……ミサキって計算はできる？」

「ん、大丈夫」

銅貨が百枚で小金貨一枚、小金貨十枚で大金貨一枚。うん、とりあえずこれは覚えたし、計算はほら、私元日本人だから、四則演算に抜かりはないよ。それに、数学とか得意だったしね。ミュウはちょっと自信なさげだけど……すぐにできそうな気がする。

「じゃ、これ受けます」

「はい、頑張ってくださいね」

お姉さんが依頼書に小さなハンコっぽいのを押して、私に手渡してくれる……アレが依頼を受けた確認の印とか？　あとでミュウに聞いてみよう……

さて、目的の場所はっと……ミラルバの薬舗《やくほ》。ダメだ全然わかんない……どこなのこれ。依頼書に地図はついてはいるけど、私にはどこだかさっぱりわからない。ここはおとなしくミュウに任せよう……そっちのほうが確実だし。

「……ミュウ、ここどこだかわかる？」

「ふふっ……うん、わかるよ」

「案内をお願いします……」

「任せて！」

あー……早く場所とか覚えなきゃね。ミュウに頼ってばっかじゃダメだし、少なくとも簡単に迷子にならないようにしないと。似たような建物ばかりで大変そうだなー、これ。

ギルドの外に出ると、ミュウは地図を見ながらどんどん歩いていく。はぐれたら洒落《しゃれ》にならないので、私は頑張ってついていく。

「……ん？　ここ？」

「だねぇ……あ、ほら、ミラルバの薬舗《やくほ》って書いてあるよ」

「あ、ほんとだ……」

そうしてたどり着いたのは、ギルドからほど近い路地の、さらに隅っこにあるお店？　だった。ずいぶんとぼろ……いや、年季の入った佇《たたず》まい。入り口にはゴ……趣《おもむき》のある石像が置かれていて、ひと気のない路地の中において、ひときわ暗い存在になっている。……しまった、どんな店か確認してから依頼を受ければよかった。ちょっと怖いけど……意を決してミュウに話しかける。

「……いこっか」

「うん」

ミュウは全く気にしてないみたいだけど……いまさら後悔しても遅いし、ここはちゃんと依頼を達成しないとね。……このお店、人来るのかな？　販売の手伝いをするほど人気あるとも思えないし……まぁいっか、楽ならそれで。

「すみませーん……」

なにかの葉っぱや液体が棚《たな》に置かれた狭い店内。その奥から出てきたのは、頑固そうなおばあちゃんだった。真っ白な髪を頭の後ろで無造作にくくり、黒いローブを着込んでる。皺《しわ》だらけで小柄なのに、眼光だけが異様に鋭い……

「……あぁん？　なんだい。ここはまだ開いてないよ」

「い、いえ……お手伝いの依頼を受けて……」

ぎろりと睨《にら》まれただけで背筋が伸びるような、そんな感じがした。答える声も自然と小さくなってしまう……こわっ。

「ほーん……なら来な」

「「……」」

そんな猛禽類《もうきんるい》おばあちゃんに案内されたのは、店の奥の椅子つきのカウンターになってるところだった。

「……さて、あたしがミラルバだ。あんたらは？」

「ミサキです」

「えっと、ミュウです」

……これは面接？　ぶっきらぼうすぎて、一瞬わかんなかった。

ここで落とされると、私の今日のご飯と宿がランクダウンしちゃう……くぅ……お願いミラルバさん、落とさないで……！

おばあちゃんはギラギラ光る目で、私とミュウを交互に見る。

「ほーん……で、計算はできんのかい？」

「はい、大丈夫です」

おいしいご飯と快適な睡眠のために、私は力強く頷いた。

「ほーん。なら、やってもらおうかねぇ……」

やった！　今日の稼《かせ》ぎ口ゲット！　この感じだとお会計のお手伝いっぽいし、よく見ると棚《たな》の商品には、色つきの値札……タグがついている。これなら元日本人として、間違えようがない。

「ここは夕時に混む。客を待たせるのは許さないよ」

「……頑張ります」

これでも計算速度には自信あるんだよ。まぁ金貨や銅貨で実際に計算したことはないけど、多分遅れることはない……はず。

「それと、あたしは薬の調合に集中したいからね。品出しも頼むよ」

「あ、じゃあわたしがやります」

ミュウは品出しを優先することに決まった。体力使う系は私には向いてないから、これはいい役割分担になったっぽいね。

さてと、一日薬草販売……頑張りますか！

なんて思ったのも、今は昔……

私たちが手伝いに来たミラルバの薬舗《やくほ》は、とんでもないほどの大盛況だった。ボロいから売れてなさそう、とか思ってごめんなさい。正直舐《な》めてました。

最初はのんびりしたおじいさんとか、子どもの具合が悪いっていうお母さんとか、そういうお客さんがちらほら来るって感じだったんだけど。お昼をちょっと過ぎた辺りから冒険者……武器持って鎧《よろい》着てるから多分そう……のお客さんが来るようになった。

「おーい、次頼む」

「おい待て。次は俺だ……順番を守れ」

「……またかよ。喧嘩《けんか》は他所《よそ》でやれよー。毎回混むんだからさぁ……」

「並べ並べ」

なんて会話をしながら、店内にごった返す冒険者たち。……朝早く出かけた彼らは夕方には依頼を終えて王都に帰還し、次の依頼に向けて準備しなければならない。

明日のための買い出し。それを、外から帰ってきた人たちが一斉にしたらどうなるか……答えはコレ。夕方の帰宅ラッシュならぬ帰街ラッシュが起きて、ほぼ同じタイミングでどこかの店に寄る。ミラルバの薬舗《やくほ》もそのうちの一つ。なるほどね……これは確かにお手伝いが必要かもしれない。

暗算の自己記録に挑戦しながら、そんなことを思う私だった。

「お会計小金貨四枚です。ありがとうございましたー」

手を機械のように動かして硬貨の受け渡しをして……「ありがとうございました」を何回言ったかも覚えてない。カウンターから一歩も動いてないのに、ものすごく疲れる。

ミュウは、どんどんなくなる商品の補充であちこち走り回ってる。結構重そうな商品が入っている木箱を抱えてても、ぴょんぴょん跳ねるみたいに動いていた。そういえば、ミュウには〈身体強化〉ってスキルがあるって言ってたっけ。その影響かな？　まぁ、それ抜きでも、ミュウの体力はすごそうだけど。

それからしばらくすると、冒険者たちは皆帰っていった。ミュウも仕事を終えたらしい。裏からミラルバさんが出てきたけど、その目は変なものを見たように見開かれていた。……どういうこと？　なんです？　その、宇宙人を見つけたみたいな顔。

「……あの計算速度と丁寧な接客……それに品出しも、間違いがなかった。今まで頼んだ冒険者とは大違いだ。……どういうことだい？」

少し震えているミラルバさんの声。……えぇー……そんなこと言われても、ねぇ。私もミュウも冒険者だし。私に至っては職業村人ですよ？

「そう言われても……得意だから、としか……」

私の接客は、日本のお店を手本にしてやっていた。高校生のときにやったコンビニのバイトが、こんなところで役に立つなんてね……まぁ、本格的な接客の経験があるわけじゃないし、結構適当なんだけど。それでもこの世界では十分丁寧になるみたい。計算だって普通の足し算と引き算が、慣れてスムーズにできるようになっただけ。特別なことはなにもしてない、はず。

「わたしも……気をつけはしましたけど……」

ミュウもきょとんとしている。

「……そうかい」

私とミュウの返答に、なぜか呆《あき》れたようにため息をつくミラルバさん。

私たちはこれが初仕事。他の冒険者がどんな仕事をしているかは全然知らない。ミュウの言う通り、間違えないように気をつけるのは当たり前だと思ったんだけど……違ったのかな？

「まぁいい……もう薬もないからね、終わっていいよ」

「……？　はい、わかりました」

「……ったく、売り切れるなんて初めてだよ」

まだ日が暮れるまでには時間がありそうだけど……ミラルバさんの言う通り、気づけばたくさんあった小瓶やら薬草の束なんかがすっかり消えてる。絶対さっきの冒険者ラッシュの影響だ……

「ほれ、今日の報酬だよ」

「あれ？　報酬ってギルドでもらうんじゃゃ……」

「上乗せ分だよ。依頼書寄越《よこ》しな……金額書かないとねぇ」

「あ、はい」

へぇー……上乗せの代金ってその場でもらえるんだ。一体いくらになったんだろう……もちろん金額は、私たち二人分だけどね。報酬は山分けだぜぃ！　……なんてね。

チャラララッと軽快な音がして私の手のひらに載せられたのは……

「ほいよ。大金貨四枚」

「だ、大金貨ぁ!?」

ミラルバさんがぽいっと渡してきたのは、大きな金貨。以前、道を聞いたときにおじさんが見せてくれたときの一回しかお目にかかれていない大金貨……それが四枚。ミュウと二人で思わず聞き返してしまった。

「ん？　あぁ、小金貨のほうがよかったかい。両替しようかね」

「いやいや、そうじゃなくてですね⁉　そ、そんなにもらっていいんですか？　いえ、とっても嬉しいんですけど」

私は思わず大声で聞き返すけど、ミラルバさんは飄々《ひょうひょう》としている。

なんか会話が噛《か》み合わない。この依頼の元々の報酬は小金貨十枚、つまり大金貨一枚だったはず。それがなにをどうしたら、合計金額大金貨五枚まで跳ね上がるんだろう。

「いつもの三倍は軽く売れたからねぇ……まあ活躍分ってとこさ」

「はぁ……そ、そういうことなら……ありがたくいただきます」

「あ、ありがとうございますっ……」

三倍……冒険者ラッシュがいい方向に響いてる。金貨を受け取ったミュウの手は震えてる。そりゃ大金貨だし……

「また頼むかもねぇ……」

「……機会がありましたら」

この仕事、確かにお金はすごく稼《かせ》げるけど……結構疲れたなあ。それに、せっかくだから違う依頼も受けてみたい。ミラルバさんの目は「逃がさない」って言ってるけど、しばらく遠慮します。

ミラルバさんの視線を華麗に回避したあと、私たちは報告のためにギルドに行く。

「いやー疲れた……」

「でも、やったね、ミサキ」

「うん、この調子この調子！」

こうして私たちの初仕事は大成功に終わった。

第三章　双子の冒険者

あのミラルバの薬舗《やくほ》でのお手伝いから一週間が経った。ちなみに、一週間は日本と同じ七日間らしい。その間、私はこまごました依頼を受けたり、ミュウに冒険者講習をしてもらったりして過ごした。

あとは魔法の特訓。せっかくスキルがあるんだから練習しないとね……もったいないし。ギルドに魔法の練習場があるからそこでやってたんだけど、対人じゃないからいまいち効果がわからず……【サンクチュアリ】はやっぱり発動しないし、謎は深まるばかりだね。

そして今日、私とミュウはまたギルドに来ていた。といっても朝じゃなくて、そろそろお昼になる頃にだけどね。この時間帯は、ギルドの中にほとんど冒険者がいない。朝は依頼を受けたい人たちで、夕方は達成報告をしたい人たちで混み合っているけど、昼は皆外に出ているから、ギルドに来る人は少ないんだって。依頼が貼り出されてるボードも、今は数枚の紙が残るのみ。その残ってる依頼をちらっと見てきたけど、どれもパッとしない……

それはともかく、なんで私たちがここにいるかというと、併設されたラウンジっぽい場所があるのが気になったから。……決しておいしそうなにおいに誘われた……とかじゃない、決して。それでも、そこで注文したパンケーキモドキ（銅貨五枚だった）はおいしかった。なんか素朴《そぼく》な味がして、私は好きだった。

ラウンジのテーブルで食後の休憩をとっていると、ミュウが辺りを見渡したあと、自分の体を見て、私を見た。……なに？

「んー……ねぇミサキ、冒険者用の装備買いに行かない？」

「冒険者用の装備？」

「うん。……わたしたち、ちょっと冒険者っぽくないなぁって……」

ミュウに言われて周りを見てみたら、確かにミュウの言う通り……私たちは浮いてる。周辺の冒険者たちは綺麗な鎧《よろい》とかローブとかを身につけていて、もちろん武器とかも持っているんだけど……そんな中、普通の格好をしている私たちはある意味目立つ。……すっかり忘れてたけど、私は王宮でもらった服以外なにも持ってない。冒険者には……間違っても見えないよね。冒険者の装備、買ってもいいかも。

「武器とか防具っていくらするの？」

「んー、ものによるかなぁ……小金貨二十枚でこの剣買ったし……お古《ふる》だけどね」

ミュウが腰の剣を見せてくれた。鞘《さや》には細かい傷が多いけど、剣身は私の顔を映すくらい綺麗。ひんやりとした輝きを放つ剣は、安易に触《さわ》ったらスパッといきそう……

「これすごいね……しかも意外と安いのにちゃんとしてる……」

「お手入れしてるから……昨日までの報酬があれば中古の武器くらいは買えると思うよ？　ミサキはそんなに大きな武器いらないだろうし……」

それなら早速……と思っていると、少し離れたところでこっちを見てる人がいた。二人の女の子で、一人が棒を持っている。刃があるから槍《やり》かな……もう一人は大荷物を背負った、長髪の子。二人とも冒険者なのかな？　あ、こっちきた。

「ねーねー、二人とも冒け……ぁ痛ぁっ!?」

「こら失礼。もっと、丁寧に」

……長髪の女の子が、話しかけてきた、槍《やり》を持っている女の子を殴った。ゴッ……って鈍《にぶ》い音したけど大丈夫かな。右手振りかぶって思いっきり殴ったように見えたけど……

「ててて……ちょっとなにすんのさー!?」

「……ふっ……」

……いきなりなにかが始まってしまった。というかそもそも誰なんだろうこの子たち……ミュウの知り合い、ではないね。ミュウも不思議そうな顔してるし。

「……えーっと？　私たちに用？　というか誰？」

私が問いかけると、二人は言い合いをやめてパッとこっちを向く。

「あ、私は、クルル。クルル・コートン」

「ウルル・コートンですー……」

なんかいろいろあったけど、ちゃんと自己紹介はしてくれた。

「ファミリーネームが同じってことは、姉妹？　そっくりだねー」

ミュウがにこにこしながら尋ねる。

「そう、私たち双子なんですー」

「……ウルルが、姉で、私が、妹」

槍《やり》を持っている子、ウルルがニカッと笑って言ったのに、髪が長い子、クルルが続ける。

確かに顔はそっくりで、双子なのも納得。二人とも濃い金髪で、碧眼がすごく綺麗。でも、受ける印象は結構違うんだよね。

ウルルの髪は肩までの長さで、ちらりと覗《のぞ》く八重歯が特徴的。明るい喋り方で、表情がころころ変わる。どこか猫みたいな雰囲気。

クルルは背中まで伸びた長い金髪の先端辺りを、白いリボンで結んでる。少し眠たげで、のんびり喋るから物静かな感じだけど……さっきはウルルをど突いてたし、微妙に危ない子な気がするなぁ……。背負ってる大きなバッグの中身はなんだろう……

とりあえず、悪い人じゃなさそうだし……私たちも自己紹介することにした。

「わたしはミュウ・アルメリア……」

「私はミサキ・キサラギ。話すとき敬語じゃなくてもいいよ。なにか用かな?」

さっきなにか言いかけてたみたいだし、私たちに話しかけたかったのは間違いないし。だって、ここには他に人がいないから。

ウルルが思い出した、というように口を開く。

「あーそうだったー」

そのあとに、クルルがゆっくり私たちに問いかける。

「二人は、冒険者?　だよね?」

……やっぱり、そうは見えないのかな。まぁギルドにいるし、格好は一般人でも冒険者だって思ったんだろうけど……

「そうだけど……まだ登録したばかりだよ?」

もし私たちに冒険者としてのなにかを求めているのなら、間違いだよ?　依頼達成したのはまだ数件で、しかも雑用系ばっかのド新人だし。

「私たちも、そう。登録、したばかり」

クルルはなぜかドヤ顔で言う。

「っていうか今終わったー」

ウルルはそんなクルルを見て苦笑い。

「あ、そうなんだ……」

「そこで、お願い。私たちを、パーティーに、入れてほしい」

「二人じゃ厳しくてー……」

コートン姉妹は真面目な顔で私とミュウを見る。クルルの表情はほぼ変わってないけど……なるほど、パーティーね……うん？　あれ？

「ってどうして私たちがパーティーだって知ってるの？」

この二人とは今日が初対面のはず……つまり教えたことなんてないはずだけど。

「受付嬢さんが教えてくれたよー？　ちょっと前に登録した女の子二人組がいるってー」

「今日も、来てるはず、だから、その二人と、組めばって」

「二人は黒髪黒目だから、すぐわかるってー」

「そ、そう……」

……受付のお姉さん……いや教えるなとは言ってないけども……個人情報の管理とかないの？

そういうおすすめの仕方もするんだね、冒険者ギルドって。

「うーん。ミュウ、どう？」

この二人、一緒にいると楽しそうって私は思うけど、ミュウにもしっかり聞いておかないと。あとで嫌だった、ってなるのもね。

「んー……いいんじゃないかな？　四人のほうが安全だし、できること多いから」

よし、ミュウの了承もとれた。私は二人に手を差し出す。

「私たちのパーティーでいいなら」

「ホントー!?　やったー！」

「ありがとう、嬉しい」

全身で喜びを表したウルルと、はっきり笑顔になったクルル。私も嬉しいんだけど、笑顔になると二人の顔は見分けがつかない……

「どうか、した？」

変な表情をしてたみたいで、クルルが不思議そうに私を見る。私は全力で首を横に振った。

「う、ううん、なんでもない」

……髪型とか、違う部分がちゃんとあってよかった……

「これから、よろしくね、ミサキ」

「うん、よろしくクルル」

ミュウは「あ、そうだ」とポンと手を叩いた。

「わたしとミサキ、今から装備を買いに行くんだけど、ウルルとクルルも一緒にどう？」

二人はパァッと顔を輝かせると、「「行く！」」と答えてくれた。

こうしてウルルとクルルを加えた私たちは武器屋に向かっていた。その道中で、二人の話を聞く。

ウルルの槍《やり》は家に立てかけてあったものを勝手に持ってきたんだとか……使い方もわからないから、適当らしい。この子、心配だなぁ……

二人ともスキルのおかげでものすごい力持ちらしくて、クルルのバッグは私じゃ動かすこともできなかった。なに入ってんの、アレ……さらにクルルは〈薬品製造〉なるスキルを持っているみたい。様々な薬を高速で作り出せるのだとか。すごいスキルだね。

例によって私は道がわからないので、ミュウの案内のもと歩いているんだけど、ウルルはふらふらどこか行くし、クルルはそのウルルを回収するためにどこか行くし……

ミュウはやっぱり頼りになる……

ギルドから歩いてしばらく経った。王城へと続く大通りは広いのだけれど、王都の外れに行けば行くほど、建物が密集して道が狭くなっていく。

「あ、こっちだよ」

ミュウが一つの道を指差した。……って……

「これ道なの？　ほぼ隙間じゃ……」

ズンズンと進んでいったクルルは、突然動きを止めた。

「む……挟まった。ウルル、助けて」

「もー仕方ないなー」

クルルのバッグが引っかかったらしい。ウルルがぐいぐいクルルを押して先に進む。

建物の隙間にしか見えないところも、ちゃんと道だった。ミュウは、よくこんなところ知ってたね。

「この辺りは私に優しくない……というか道じゃない！」

……思わず文句を言っちゃうほど狭い。

「引っか、かった。痛い……」

クルルはうまく歩けないみたい。

なんとか通り抜けられたけど……こんな場所に武器を扱う場所があるのか心配になってくる。それからもう少し歩いたところで、ミュウが立ち止まった。

「あ、着いた。ここだよ皆」

「はぁ疲れた……ってここ？」

思わずポカンと口を開けてしまう……

「わーぉボロボ……うっ!?」

クルルがウルルの口をふさいで、その先を阻止した。

「それ以上は、ダメ……」

でも、ウルルの言いたかったこともよくわかる。たどり着いたのは一軒の……ボロ屋敷？　だったから。武器屋と言われても全然ピンとこない。路地裏どころか、秘密基地みたいに思えるし。

あ、でも入り口から中を覗《のぞ》くと、確かにお店っぽい。剣とか槍《やり》とか、武器がずらっと並んでいた。

「……誰もいない？」

少し不気味で、恐る恐るミュウのほうを見る。

「とりあえず入ろっか」

ミュウはスタスタと店の中に入っていった。

……ミュウはこういうところ、なんとも思わないんだね。

中に入ると、意外と広くて、奥まで武器が並んでた……人の気配《けはい》は全くしないけど。

とりあえず、私もいろいろ見てみる。私は武道の経験はないので、ぶっちゃけなにを持っても、まともに扱える気がしない。試しに近くの剣を持ってみたけど、ものの数秒で手が震えてきた。結構小さめのを選んだのに……

「重っ……こんなの持てる気がしない……」

「そういえばミサキ……強化系のスキル持ってないんだっけ」

ミュウが心配そうに私を見ている。なんだか申し訳なくなって答えた。

「魔法が使える以外は一般人です……」

いや、日本でも私は力が強いほうではなかったし、この世界では一般人以下の可能性だってあるね。こんな重いものをいつも腰に差してて、よく平気だなって思ったけど、ミュウは〈身体強化〉なるスキルを持ってたっけ。そういえばミュウは、ミラルバの薬《やく》舗《ほ》で木箱とか持って走ってたっけなぁ……

「……うん。私に武器は向いていない……！」

「んー……一応ナイフくらいは持ってたほうがいいと思うよ？」

剣を持つことすら諦めた私。それを見ていたミュウがちょっと真剣に考えるそぶりを見せてから言った。私はもう武器なしでもいいんじゃないかと思い始めてたんだけど。

「丸腰だと、襲われる……」

そんなミュウに被《かぶ》せるように、クルルから不穏な一言がもたらされた。襲われるとは一体……街中で一体なにがあると……

「自衛手段を、持ってない、女の子は、格好の、獲物」

「特にミサキは目立つし……」

「だいたい皆武器持ってるよねー」

クルル、ミュウ、ウルルの順に教えてくれた。

「……襲われるって、人に⁉」

……そういえば、ここ異世界！　すごく驚いちゃったけど、日本の基準で考えちゃダメだった！　記憶をたどると、確かにナイフとかを腰に差してる女性が多かった気がする。あれ、身を守るためだったのか……ペーパーナイフ的なものかとばかり……って、待って。

「あれ？　でもクルルもなにも身につけてないよね」

「？　あるよ。普段は、隠してる」

ああ、大きいバッグの中に入っているのかなって思ってたけど、それは予想外のところから現れた。

「ほら、ね？」

「……暗殺でもする気なの？」

「暗殺？　普段は、邪魔だから、しまってるの」

クルルがまくった左袖、そこに隠れていたのは小型の弓だった。いや、弓っていうかスリングショット？　みたいな感じかな。腕にピッタリ嵌《は》まっていて、留めていた金具を外すと武器の形になる。……少し大きい気がした袖の理由は、これだったのかぁ……

なんてものを隠してるの、この子。腰に巻いたポーチの中身は弾かな？

「前にクルルを襲ってきた人、可哀想だったなー」

うんうんと頷きながらしみじみと語るウルル。若干目が遠くを見てる……

「なにしたのクルル……」

「なにも。ただ、返り討《う》ちに、しただけ」

「そ、それはなにもって言わないと思うなぁ……」

淡々と返り討《う》ちとか言うクルルに、ミュウが恐れるような目を向ける。

……詳しく聞いたら、以前ウルルとクルルをいきなり襲ってきた男がいたそうだ。捕まる直前にウルルが気づいて、持ち前の身体能力で反撃。でもそれは躱《かわ》されてしまった。……で、そこでクルルが催涙弾《さいるいだん》を撃《う》ったらしい……男の顔面に。確かに催涙弾《さいるいだん》は顔に当てるのが効果的だろうけど、至近距離で思いっきりぶち当てたらもう、その威力は計りしれない。男が悲鳴をあげてのたうち回ってるうちに、二人は逃げたんだそう。

「クルルの催涙弾《さいるいだん》って、ちょっと当たっただけでも、すっごく痛いんだよねー」

「いろいろ、入れたから。前うっかり、舐《な》めて、後悔した」

なにかを思い出したのか、クルルが渋い顔になった。……それはもう催涙《さいるい》じゃなくない？　多分、もっと刺激はなくてもいいよ。不届き者とはいえ、当たった男の顔は無事なのだろうか……やっぱりクルルは、ちょっと危ない気がする。

「……あ。そういえばミサキの装備見に来たんだった」

そこでミュウが話題を変えた。

「すっかり忘れてたねー」

ウルルも、今思い出したとばかりに目を丸くしている。

……そうだった、元々、装備を探しにここに来たんだった。まぁ、あれだけ聞いて武器はいらないって言えるほど、私は強くない。せめてナイフ……短剣くらいは持っておいたほうがいいかな？　あくまで護身用ってことで。

「でもどれがいいとか、私全然わかんないよ?」

私に武器の良し悪しがわかるはずもない。

「値札がないし、値段もわかんないねー」

ウルルはキョロキョロ辺りを見回しながら言う。

「ここは、聞いて、みるのが、一番」

クルルが言う通り、店主に聞くのが一番早いんだろうけど、その店主が見当たらない。……呼んでみようか。

「あのーすみませーん!」

返事はない。どうやら留守のよう……

「ふぉっ! こっちじゃよ」

……訂正、店主はすぐ近くにいた。

お店の隅っこ、私が見ていたのと反対側の壁のほうから、いきなり声がした。

「きゃあぁぁぁっ!?」

思わず甲高《かんだか》い悲鳴をあげてしまう。こんな高い声が出るなんて、自分でもびっくり……

振り向いた先にいたのはハ……禿頭《とくとう》のおじいさんだった。

「いいいいつからそこに……」

「ぬ？　ずっとおったぞい。嬢ちゃんたちが店に入ったときからの」

あまりに驚いて声が裏返る私に、テヘッと、イタズラが成功した子どものように笑うおじいさん。

「声かけてくださいよっ!!　いたのなら！」

おじいさんに向かって叫んだあと皆のほうを見ると、ミュウは放心し、ウルルは首を横に振り、クルルが目を見開いていた。私たち全員が全く気づかないなんて、このおじいさんの気配《けはい》はどうなってるの？　あちこち見回したときもわかんなかったのに。

おじいさんは面白そうに私たちを眺めて、また大きく笑った。

「ほっほ。すまぬの、嬢ちゃん。して、武器探しじゃろ？」

「……まぁそうです」

なんか釈然としないけど……また目的を忘れる前に、武器は買わないとね。

「どんなのを使いたいかの？　まぁ、剣は向いとらんのぉ……」

「……知ってます。安くて、軽いのがいいです」

ずっと見てたのなら、このおじいさんは私が剣をろくに持てないのもわかってるはず。

私がほしいのは、まず安いもの。所持金があんまりないから。だけどすぐ壊れたりしないのがいいなぁ。買い替えはなるべくしなくてもいいようにね。

「安い、となるとこの辺りかのぅ」

おじいさんが手に取ったのは三本の短剣。

「いくらですか？」

「右から、小金貨四十枚、小金貨二十枚、小金貨十二枚じゃな」

……一番右は論外。私には高すぎる。私の手持ちで買えそうなのは二本……さてどちらにすべきか。真ん中のは短剣、左のは……短剣というか大きめのナイフかな？　うーん……悩む。

「小金貨二十枚のにしたらー？」

ウルルが真ん中の短剣を指差す。

「あまり、安すぎても、不安」

クルルもウルルの言葉に頷いていた。

確かに、身を守るためのものだもんね。あんまり適当に選ばないほうがいいのかも。

「じゃあこれにします」

「ほっほ、毎度あり」

……無性に腹が立つ笑顔のおじいさん。

短剣を受け取って、外に出た。それからふと思ったけど……刃渡り二十センチ弱の短剣で、護身ってできるのかな？　冒険者である以上、街の外に行く機会もあるよね。それで魔獣なんかと出会っちゃったら、私はこの短剣で戦うしかないってこと？　無理じゃないかなそれ……ぷちっと殺されて終わりじゃない？

店を出てすぐって、なんでこう、後悔するんだろうね。店先でうんうん悩んでる私の肩を、あとから出てきたミュウがポンポン叩く。

「ねぇねぇ、ミサキ。はい」

「……うん？　なにこれ？」

ミュウに渡されたのは百二十センチくらいの棒。先端には黄色の宝石みたいなのがついてる。なんだろうこれ……

私が首を傾げていると、ミュウがにこにこしながら口を開いた。

「それは杖だよ。ミサキ、短剣でお金使っちゃったみたいだし……」

「杖……？」

杖っていうと、ファンタジーもので魔法使いが持ってるアレかな？　実際見てみるとただの棒なんだけど……

「ミサキは魔法使いだもん。触媒《しょくばい》が必要でしょ？　わたしからのプレゼント」

「ミュウ……！」

サラッと言われた触媒《しょくばい》っていうのはなんだかわかんないけど、ミュウがプレゼントしてくれたことが、今は嬉しい。

「おー……ミュウがかっこいいー……」

「まさに、イケメン……」

「クルルーなにそれー」

ウルルとクルルが私の後ろで会話してる。確かに、今のミュウはすごくかっこいいけどね……ミュウは女の子だからレディーだよ、クルル……メンじゃないよ。でも私も、ミュウの周りにキラキラが見える、見える気がするよ。

「ありがとう、ミュウ」

「どういたしまして」

お礼を言うと、ミュウはにっこり微笑んだ。

……ミュウにもらったその杖は、不思議なほど私の手に馴染《なじ》む。試しに【ライト】を使ってみると、先端の石が光った。発動したときの違和感もない。あぁなるほど……魔法の発動を補助するから触媒《しょくばい》、なのかな。これはとてもありがたい。

「やー、これで皆武器持ったねー。狩り行くー？」

ウルルは目をキラキラさせてるけど、ミュウは首を傾げてる。どうしたのかな？

「あれ？　そういえば防具とかは？」

「「あ……」」

私、ウルル、クルルはピタッと動きを止めた。

……確かに武器は買ったね……武器は。でもほら、皆、服はただの服だし。防御力はないよね。外には行けないんじゃないかな。

「……武器でお金使っちゃったなぁ……」

失敗したなぁと思わず呟く。なんか私たちは、どこか抜けてる気がする。結構、後先考えずに、武器買っちゃった気がするよね。狩りに出るのはまだ先かな。

結局その日は、それ以上の買い物ができずに解散になった。ウルルとクルルは、王都にある家に帰った。

今の私の所持金は、大金貨一枚と小金貨が七枚……銅貨もちょっとある。でも防具を揃《そろ》えるには足りないし、なによりもこのままだと生活が立ちゆかなくなる。

幸い、私とミュウは宿を連泊で取っているのでしばらく大丈夫。でも、お金はあって困ることがないし、今後のためにできることはやりたいよね。おいしいものが食べたいの……甘いやつ。おいしいご飯は高いのです。

「……ということで、なにか大きな依頼を受けたいと思います」

宿で休憩しながらミュウに提案すると、うんうん頷いてくれた。

「お金ないもんねぇ……また薬草でも売る？」

うーん、せっかくだから他のこともやってみたいんだよね。どうしよう。

「ウルルたちにも聞いてみよっか」

私が言うとミュウはにこりと微笑んだ。

「そうだね。そのほうがいいかな」

そして、私たちは寝ることにした。

最近の私たちの就寝時間はかなり早い。その分、朝も早いけどね。

そういえば……ミュウはいざとなれば家に帰ることだってできるはず。なのに、こうやって私と一緒にいてくれる……やっぱり優しいなぁ、ミュウは。そんなことを考えながら、私は眠りについた。


翌日。私とミュウはギルドのラウンジに来ていた。示し合わせたわけじゃないけど、ウルルとクルルも集合してる。ただ、時間が少し遅いので、依頼書のボードはさびしい。ちらほらと貼ってあるだけ。

「私たちは、Ｆランク。常設の、薬草採取が、いいかも」

クルルの言う常設っていうのは、ギルドがいつでも受けられるようにしてる依頼のことだね。依頼が少なくて暇なときとか、ベテランが小金を稼《かせ》ぎたいときとかに受けるやつ。

でも、薬草採取かぁ……

「……私、薬草の見分けがつけられないんだけど……」

「大丈夫、私は、わかるから。……というか、私が、薬草ほしい」

不安な私とは真逆で、クルルはすごく強気な感じ。

「わたしも少しわかるよ」

ミュウもそう言ってくれる……二人の頼もしいこと。この世界に来てから、私が見た薬草はミラルバさんの店にあったやつだけ。ぶっちゃけ普通の草にしか見えなかったので、アレを狙って集めるのは無理そう。だから、二人が薬草を見分けられるのはすごく助かる。

もっとも、クルルは自分用の薬草を集めに行きたいだけ、らしいけど。この際理由なんてなんでもいいよね。

「じゃあそれで。依頼は……」

「あったよー薬草集めー」

依頼は探すまでもなく、ウルルが見つけてきた。早いなウルル。

ランクＦ
依頼者：冒険者ギルド
場所：任意
内容：薬草の採集、種類自由
条件：購入転売禁止。乾燥品不許可
報酬：小金貨二十枚、薬草の種類と量によって変動
※魔獣目撃情報多数。武装推奨

……なんか、依頼書に赤文字で物騒なことが書き加えられてるんだけど。

「……魔獣が出るの？」

「んー……街の近くなら大丈夫だと思うけど……」

恐る恐る聞くと、ミュウも若干警戒してるし。

「まーなんとかなるでしょー」

「出ても、そこまで、強くは、ない、はず」

ウルルは自信ありげだし、クルルも魔獣が出てきても対処できるようなことを言って

るけど……私はこの注意書きに、嫌な予感しかしないんだけど。魔獣を見たことはないけど、ボードに残ってた討伐依頼はCランク以上推奨とか、そういうのしかなかったんだもん。……でも、こうなったら私も腹をくくるか……

せっかく冒険者になったんだから、いつまでも街にこもってるわけにいかないしね。

「私も街の外に出る、いい機会だね」

私がこぶしを握って言うと、ミュウは心配そうな顔を向ける。

「ミサキ、迷子にならないでね？」

ここでその一言は余計だよ、ミュウ。私なら、本当に迷子になりかねないんだから。

「……そのときは見つけて？　頑張るけど……」

この街の外がどうなってるかは知らないけど、出た瞬間、いきなりジャングル……なんてことはないと思う。まぁ、ミュウたちを見失わないように気をつけていれば大丈夫……だよね。

「よーし頑張ろー!!」

「薬草、いいの、あるかな」

コートン姉妹は乗り気だなぁ……うん……外に行くついでに、魔法の練習でもしようかな。実地で使ったことはないし。

そんな感じでやってきたのは、王都近郊の森。

ギルドの一番近くにある南門から王都を出て、一時間くらい歩いた。門を出てすぐに草原があったし、わざわざ森に行かなくても採れるんじゃないかってミュウに聞いてみたところ、薬草の多くは森に生えるのだとか。……森って、なにか出てきそう。なにもないことを祈っておこうかな。

「私が、集める。警戒、お願い」

クルルが言うと、ウルルは力強く頷く。

「任されたー」

阿吽《あうん》の呼吸で役割を決めるコートン姉妹。……というか、この分担しかできないんだよね。実はウルル、薬草に関する知識が私と同じくらいだった。つまり、採集にはまるで向いてない。

「わたしはクルルの手伝いかなぁ」

ミュウは持ってきた荷物を下ろして呟いた。

「念のため〈探知〉は使っておいてね……」

私がそう言うと、ミュウは頷いてくれた。

薬草の知識があるのはクルルとミュウだけ。採集を任せるのが一番いいけど、索敵《さくてき》に一番向いているのもミュウ。人とか魔獣とかの位置がわかるスキル、〈探知〉があるからね。……負担かけて申し訳ないなぁ。

「ミサキはどうする？」

採集用の籠《かご》を用意しながら、ミュウが聞いてきた。

「私は薬草集めじゃ役に立てそうもないし、魔法の練習しよっかなって。まともに使ってないし」

私はまず、自分のスキルをしっかり使えるようにならないと。せっかくいろいろ持ってるんだもんね。

「なるほど……頑張ってね」

「うん、頑張るよ。この杖もあるし、ね」

私たちの……というか、私の初の街の外での依頼。私はあまり役に立てなさそうだけど、魔法を練習してちゃんとできるようになれば、いつかきっと皆の力になれる。【ライト】は結構自在に明るさが弄《いじ》れるようになってきたし。

さてと、採集の邪魔しちゃ悪いし、少し離れよう。もちろん皆の姿が見えるくらいの距離で。

……と思ってたら、背後からバキッと音がした。

「……ん？」

――パキッパキッ……

……ちょっと待って、おかしい……私は立っているだけなのに、なにかを踏みしめる音がするなんて。嫌な予感がひしひしと……背中に冷たい汗が流れる。

「……こっち、から？」

私が恐る恐る振り返ってみると――

「――グルゥ……ォォォ？」

……おっと、私の目の前に巨大なクマが。そして目が合って、お互いに硬直。

「「…………」」

……たとえ見つめあっていても、そこに甘い空気なんてない。しかも、普通のクマとなんか違う。四足歩行の状態で私より顔の位置が高いし、腕と鼻には硬そうなトゲトゲがある。じーっと私を見つめる目は真っ赤だった。

「グゥオオォォォ!!」

「きゃあああっ!?」

……って冷静に観察してる場合じゃなぁーいっ!!

そのまま身を翻《ひるがえ》し全力ダッシュ。運動が得意じゃない私も、このときばかりは風になった。くまさんの童謡みたいな出会いなんて、メルヘンチックなことは起こらないねっ！

――ドドッドドッドドッ。

後ろから聞こえるクマの疾走音が、私の恐怖をさらに掻《か》き立てる。木々の間を縫って走って撒《ま》こうとしても、そんな私のことなんて全く意に介さず、ぶつかった木を薙《な》ぎ倒しながら進んでくるクマ。

「いやあああ！」

どう逃げても直線で距離を詰められる。もうダメかもしれない。諦めかけたそのとき――

「ミサキ！　こっち！」

私の悲鳴を聞いたのかミュウが助けに来てくれた。その後ろには、ウルルとクルルもいる。

「うわでっかー！　強そー」

ウルルが嬉しそうなのには、ツッコんであげられないけど。

「わお、ビッグベア。Cランクの、大物」

……クルルはそんなことを言ってる。Cランクって強いよね!?　その情報はいらなかったなぁ……！

ミュウとウルルは、走る私とすれ違うように、ビッグベアに突っ込んでいく。

いきなり現れたミュウたちに驚いたのか、ビッグベアが動きを止めた。その隙にウルルはビッグベアの背後に回り、槍《やり》を突き出す。

「そいやぁーっ‼」

けれど、その槍《やり》はビッグベアの背中に当たって弾かれた。

「っつ！　硬っー⁉　腕しびれるー……」

ビッグベアが振り返り、私に背を向ける。よく見ると、トゲトゲが背中にもあった。

「やぁっ！」

続いてミュウが踏み込み、左下から右上に剣を振り上げる。

「グルゥォッ」

「く……ぅ重ぉ⁉　わっ⁉」

ミュウの剣は、ビッグベアの腕のトゲとぶつかって嫌な音を立てる。ミュウは呻《うめ》きながらも、すぐに後ろに跳んだ。

――――ズドンッ‼

直後、さっきまでミュウがいた場所に、ビッグベアの巨大な爪が突き立てられる。もう少し飛《と》び退《の》くのが遅れていれば、ミュウはひき肉にされていたかもしれない。

どうしよう、私もなにかできないかな……ええと、今使えそうなスキルは……

「【ステータス・オープン】」

〈回復魔法〉……所持者に癒《いや》しと守りの力を与える。

【シールド】【ヒール】【キュア】

そういえば私には【シールド】って魔法があったんだった！　ギルドで練習したときはうまく発動しなかったけど、盾《たて》って名前だし、きっと役に立つ。どの程度防いでくれるかはわからないけど、皆がピンチだし、やらないよりやってみたほうがいいよね！

「【シールド】！　……って、おぉ……」

私が詠唱《えいしょう》すると、視界の中にいたミュウとウルルの頭上に、矢印みたいなマーカーが見えた。それを意識すると、二人の前に半透明の盾《たて》が出現する。なるほど、魔法をかける相手を選べるのかな？　これ便利。でも、見ることができない自分にはかけられない気がする。他者専用、とかじゃないよね？

「グルァッ⁉」

ミュウに逃げられたビッグベアは、今度は再び背後に回っていたウルルに向かって腕を振り上げた。いきなりの攻撃に、ウルルの反応が鈍《にぶ》くなる。

「うわ、ちょっ!?　……あれー？」

ビッグベアの腕はウルルに直撃するかと思いきや、手前の【シールド】に当たって止まった。おおっ！　地面をえぐるくらいの攻撃を防いでもなお、私の【シールド】には傷一つついていない。これはかなりの防御力が期待できる。

「おー、この盾《たて》すごいよ、ミサキー!!」

横薙《よこな》ぎに振るわれたビッグベアの腕を、あえてギリギリで躱《かわ》すウルル。【シールド】には掠《かす》ってるし、火花みたいなのが出たけど、身は守れているみたい。

ビッグベアは、ウルルの腕に噛《か》みついてきた。ウルルはそれを避《よ》けず、左手をビッグベアの口に入れてる。【シールド】はかけた人の全身を守れるっぽい……けど、さすがに捨て身すぎ！

「ちょ……攻撃を受け続けると、どうなるかわかんないからね！」

「りょーかーい！」

【シールド】が割れないことに腹を立てたのか、ビッグベアは執拗《しつよう》にウルルを狙う。私がちょっと怒り口調で言っても、ウルルは変わらず楽しそう。【シールド】で攻撃を防ぎながら、戦い続けていた。

「グオオォォォ!?」

ビッグベアはブンッブンッと腕を大きく振り回してウルルに迫る。ウルルはそれを跳ねたり転がったりして避《よ》ける上に、攻撃が当たっても【シールド】が弾く。さらに、隙を見つけては槍《やり》でつっつつくやり方は、相手からしたらムカつくかもしれない。

「……あれじゃ近寄れないよ……」

私のところまで後退したミュウが言う。ウルルを狙う攻撃が激しすぎて、ミュウも近づけなくなってしまったみたい。

「だね……あ、そういえば」

そのとき、私の魔法にも攻撃っぽいものがあったことを思い出した。

うーん、怖そうな名前だし、ギルドで練習したときも暴走したら嫌だから使わなかったんだよね、【ライトアロー】。でも使うなら今だし、どれほどのものかは知らないけど、【シールド】が強いってことは期待が持てるよね。

「……【ライトアロー】」

詠唱《えいしょう》と同時に、【シールド】と似たような矢印のマーカーが出てきたので、ビッグベアを意識する。

「……よし、ここっ!!」

その瞬間、私の手元に光る矢が現れる。それはロックオンしたビッグベアに向かって、かろうじて矢が見えるほどの速度で一直線に飛んでいった。

「グオァァァッ!?」

……光の矢は、一気にビッグベアの左肩を吹き飛ばした。いや、消し飛ばした……残ったビッグベアの肘《ひじ》から先が、ポトッと地面に落ちる。

「「「……」」」

もう絶句するしかない。え、なにあれ？　私の魔法？　ウルルとミュウが傷一つつけられなかったビッグベアに、たった一発で大きなダメージを与えてしまった。

……ちょっと強すぎやしませんか？　ウルルとミュウもあんぐり口を開けてるし。

「……すごい、威力。アレには、及《およ》ばないけど、これでも、くらえ」

今まで下がっていたクルルが来る。スリングショットを使って、小さな香水が入っているような瓶を撃《う》ち出した。動きを止めていたビッグベアに吸い込まれるように、小瓶は飛んでいく。

……そしてなんと、命中と同時に小瓶が爆発した。間近で、花火なんて比にならないくらいの爆音が響き渡る。

「グォフッ……」

爆風をもろに受けたビッグベアは呻《うめ》き声をあげながら枯葉のように吹き飛び、背後の木々を薙《な》ぎ倒してようやく止まった。もぞもぞ動いているので、まだ生きているみたいだけど……

「……はっ!?　と、とどめいくよ！」

「おー？」

ミユウが勢いよく駆け出し、ウルルもそれに続く。クルルの撃《う》った謎の小瓶と私の魔法で、息も絶え絶えだったビッグベアは、二人があっさりと討伐した。実に味気ない最《さい》期《ご》だった。

「なんかあっけないねー、クマ」

息絶えたビッグベアを槍《やり》でつんつんしながら、ウルルがため息をつく。

「一応、討伐ランクはCなのにね……」

ミユウも剣についた血を落としながら言った。

「でも、倒せた」

ビッグベアの体をあちこち弄《いじ》りながら、クルルは謎のドヤ顔をしている……今の状況が信じられなくて、思わず呟いた。

「なんとかなっちゃったよ……」

終始わたわたしたけど、それでもビッグベアを討伐できてしまった。……というかクルルが使ったあの小瓶、一体なんなんだろう。巨体のビッグベアを軽々と吹き飛ばす威力の爆発。そんなことができる道具って……

「クルル、さっきのアレなに？」

「ん、〈爆発水薬《バーストオイル》〉。さっき、作った」

思い切って聞いてみたけど、なに、その軽い感じ……

「そんな簡単に作れるの⁉」

私が問い詰めると、クルルは首を縦に振る。

「材料は、揃《そろ》ってた。スキルも、あるし」

……〈薬品製造〉は、私が思っていた以上に強力なスキルみたい。あんなものをちょいと作れるとは。対人使用は禁止だね、粉微塵《こなみじん》になっちゃう。

「んー……ミサキの魔法も大概《たいがい》なような……」

クルルの爆弾が予想以上だったのに驚いていると、近くに来たミュウがそんなことを言った。

「あー……あれね、私も予想外。練習しなくてよかったよ」

「すごい威力だったねー。【シールド】？　もさー」

ウルルがうんうん頷いている。……ほんとに宿で撃《う》たなくてよかったよ。うっかり部屋吹き飛ばして弁償なんて絶対に嫌だし。もしかしたら、私の魔法は強いのかもしれない。なんか自信が出てきた。

……なにはともあれ、ビッグベアをこのまま放置するわけにはいかない。

「……さてと、このクマどうしよう」

「解体しよー。爪は高く売れそうだしー」

ウルルはそう言うけど、解体とかできるのかな……自信だけはすごいんだけどね、ウルルは。

「わたしも手伝うよ、ウルル。皮もとらないとね」

……ミュウは当然のように解体も習ったっぽい。ミュウの親は、どこまで見越してたんだろうね。英才教育にもほどがある。

「じゃあ、私は、薬草集め。まだ、終わってない」

「あ、クルル。私にも薬草教えてくれない？」

私が尋ねると、クルルは快《こころよ》く応じてくれた。

「ん、いいよ」

魔獣の解体なんてもちろん私はできないし、ウルルとミュウに頑張ってもらおう。でも、なにもしないのは申し訳ないので、クルルに薬草について教えてもらおうと思ったんだ。必要な知識だろうし、私でも頑張れば覚えることはできそうだし。

そして、クルルに教わった薬草を無心で集めることしばらく。辺りが夕日の色に染まったころ、私たちは作業をやめた。

「あー終わったー!! 疲れたー」

「うん、いいかも。ミサキたちはどう？」

ウルルは大の字になって伸びていて、ミュウはバラしたビッグベアを布で包んでいる。さすがだね、私にはできる気がしないよ……すごいなぁ。まぁ、私だってやれることをやろう。今やってる薬草集めとかね。

「クルル、薬草ってこれくらいかな？」

「ちょっと、多いかも。でも、大丈夫」

ビッグベアの乱入以降は、魔獣が現れることはなかったので、たくさん薬草を探せた。……慣れないながらも、それなりに集まったんじゃないかと思ったんだけど……うん、よく見ると違う草が混じってるなぁ……まだまだだね。

解体したビッグベアはクルルが持っていた大きな袋に入れた。すごい重さで、私じゃ動かすことすらできなかった。……こういうときに、力のなさっていうのを実感するんだよね。

「さー帰ろー」

そんなすごい重さの袋を、ウルルが持ち上げて言う。ウルル、それクマ一頭分だよ……？

「そうだね。早くしないと門閉まっちゃう」

ミュウが西の空を見上げた。そうだ、日が落ちると門が閉じちゃうんだよね。

「お疲れさま、皆」

私が言うと、クルルが少し微笑んでくれた。

「お疲れ」

帰りも特になにもなく、街に着いた。初めての冒険は成功かな。

今回のビッグベアとの遭遇で、私たちのパーティーの戦い方が見えてきた気がする。

パワー派のウルルと剣士のミュウが、前衛として敵を直接叩く。私は魔法、クルルは爆弾で後衛として二人をサポート……うん、うまくやっていけそうな気がする。

今日はもう遅いので、ギルドへの報告は明日にすることにした……皆疲れてるしね。

明日筋肉痛とかになってないといいなぁ。

……翌日。まぁ予想通り、全身が筋肉痛に襲われた私。ダメもとで【ヒール】を使ってみたら、直前までの痛みが嘘のように楽になった。……〈回復魔法〉すごいね。ちなみに、自分の体をしっかりイメージしたら、自分にも魔法をちゃんとかけられることがわかった。だいたい感覚だけど。

ミュウとギルドに行くと、もうラウンジにクルルがいた。いつも一緒にいるウルルがいないのは珍しいね。なにかあったのかな。

「おはよう、ミサキ、ミュウ」

「おはようクルル。……ウルルは？」

「寝てる。しばらく、すれば、起きるよ」

クルル曰《いわ》く、ウルルは朝に弱いらしく、まだ寝てるそう。なにかあったわけじゃなくてよかった。……クルルはいつも眠たげな顔をしてるけど、実際に眠いのかはわからないんだよねぇ……。

「じゃあ、売却だけでも終わらせよっか？」

ミュウがそう提案する。魔獣の一部や薬草など、依頼を遂行《すいこう》して手に入れたものは、ギルドで売って、お金に換《か》えてもらうことができるんだって。

「そうだね……そうしよう」

ウルルを待ってるといつになるかわからないし、私たちで昨日の薬草とビッグベアを売ることにした。昨日持って帰ってきたビッグベアは、クルルが持ってきてくれた。

「買い取り、お願い」

売却に関してはクルルが任せろというので、私とミュウは後ろで見てることに。躊躇《ため》うことなく買い取りカウンターに行くクルル。

「はーい、薬草ですか？」

「ん、それと、魔獣の、一部」

対応してくれたのは、緑の髪をサイドテールにまとめた女の子だった。……ギルドにもミュウと同じくらいの歳の子がいるらしい。その女の子がクルルに問いかける。

「魔獣ですね？　なんの魔獣ですか？」

「ビッグベア」

「……………はい？　ビ、ビッグベア？　Cランクの？」

「そう、その、ビッグベア」

「……登録したばかりですよね？」

淡々と答えるクルルと、メモを取っていた手を止めて、聞き返す女の子。

「でも、倒せた」

あー……クルルの言葉に女の子が固まってしまった。まぁそうだよね、つい先日登録したばかりの新人がいきなりCランクの魔獣倒しました、って言っても信じられないだろうし。私だって不思議で仕方ないし。うんうん、気持ちはよくわかるよ。

「買い取り、お願い」

クルルはなおも冷静……機械みたいに喋る。

「……え？　あ、はい。確かにビッグベアは換金対象です。それで……現物はどこでしょうか」

ようやく復活した女の子は、あちこち視線を彷徨《さまよ》わせながらも答える。ちなみに換金対象っていうのは買い取ってもらえる魔獣のこと。小さすぎたり、加工ができなかったりする魔獣は、お金にならない……らしい。

「はい、これ」

即座にバッグから昨日のビッグベアを出すクルル。

「持ってきてた!?　……んんっ……本当にビッグベア、ですね」

女の子は信じられないものを見るように、クルルに視線を向ける。クルルはいつも表情が変わらないので、どう思ってるのかわからない。

その後、鑑定が行《おこな》われて、私たちへの報酬が確定した。なんと、ビッグベアは合計で大金貨八枚、小金貨六枚の値段に。薬草の報酬も合わせると、なんと大金貨十枚のすごい額になった。……正直かなり驚いてマス。さらに私たちのパーティーは、ビッグベアの討伐の功績ということでEランクに昇格……

「昇格おめでとう、ミュウ。ミサキ、クルル」

「おめでとう、ミュウ。でも実感ないね……」

冒険者カードを見てみたら、ランク表示が変わってた。本当にランクが上がったんだなぁ……

「一瞬で、昇格。これは、嬉しい」

クルルはほんの少し口角を上げている。

ウルルとクルルは依頼を一つしか達成してないけど、受けられる依頼の幅がだいぶ広がった。こんなにポンポン上がるものなのかな、ランクって。上がって悪い気はしないんだけどね。

と、そこへ大あくびをしながらウルルが現れた。

「ふぁーぁ……あ、おはよー」

「ウルル……おはよう。って、もう結構いい時間だよ」

私がたしなめても、ウルルは気にしてないみたい。

「やー、眠くてねー……ふぁ……」

ウルルの髪にはまだ寝癖がついてる。なんだか眠そうだし、クルルみたいな顔になってるよ。いつもは元気いっぱいのウルルだけど、これじゃ、しばらくはおとなしいままかな？

「ウルル、昇格した。私たちは、Ｅランク」

「ホントー!?　やったー！」

……と思ったら、クルルの一言で、ウルルは一瞬で覚醒《かくせい》した。もういつものウルルだ。なんて切り替えの早さ……さっきまで寝てたじゃん！

「お金は、どうする？」

クルルはさっき手に入れたばかりのお金をウルルに見せる。

「クルルが持っててー。なくすからー」

「ん、わかった」

ウルル……自信満々になくすとか言っちゃダメだよ……でも、スリが多発するらしいし、私も用心しないといけないかな。財布の代わりに丈夫なバッグとか買おっかな。幸い懐《ふところ》は温かいし……

「このあとどうする？」

「お金あるし、皆の武具揃《そろ》えよっか」

ミュウの問いかけに、私はそう提案した。皆かろうじて武器は持ってるけど、防具は全く着けていない。防具がないせいで、もし怪我とかしたら大変だし、もっといい武器があれば戦いやすいかもしれないし。

「いーねー。この槍《やり》ぼろっちいしー」

「防具は、必須」

ウルルとクルルも乗り気……よし決定！　そうと決まれば早速武器屋さんに行こう。……って、道覚えてないからミュウの案内に頼るほかないんだけどね。

……というか、あの路地裏以外のお店はないんだろうか。そう思ってミュウに聞いてみたら、大きなお店だとぼったくられることが多いそうだ。これもアルメリア家の豆知識。……うん、あの店でいいです。ぼったくられるよりは、狭い道のほうがましだもん。

ミュウ曰《いわ》く、ものすごく遠回りをすれば大きい道もあるとか。ただ人通りが多くて、その分窃盗《せっとう》とか問題も多いらしいので、ミュウはもっぱらあの路地裏を利用するんだって。

……そんなこんなで、またやってきました、おじいさんの武器屋。今回は店内に入る前におじいさんを呼んで、気配《けはい》を消されるのを防ぐ。同じ過《あやま》ちは犯さないのです。

「ごめんくださーい……」

「ほっほ、ここじゃここ」

……が、入り口の脇《わき》……私が立っているすぐそばに、おじいさんがいた。

「きゃあああ!?」

……訂正、このおじいさんには対策なんて通用しない。なんでお店の前に座ってるおじいさんに気づけないのかが、本気で気になる。至近距離で声を出されるまで全くわからなかった。絶対気配《けはい》遮断のスキルかなんか持ってるでしょ。

「すごい……〈探知〉でもわからなかった……」

ミュウも唖然《あぜん》としちゃってるよ。

「ん、達人の、予感」

もうこのおじいさんはクルルの言う通り、なにかの達人ってことで納得しとこう。ミュウのスキルにかからないとか、もしかしたら生きてないのかもしれない。

私が失礼なことを考えてるうちに、おじいさんはお店のカウンターに戻っていった。……まさか来た人を脅《おど》かすためにあそこにいたとか、ないよね？　ないですよね？　……おじいさんに関してはもう、気にしたら負けだ。

「……まぁいっか。皆の武器探し始めよ」

私がため息をつきながら言うと、ミュウも頷いた。

「そうだね。今度は防具の分のお金も考えないとなぁ……」

前回私たちは、防具のことをすっかり忘れて失敗した。今度は忘れない……

店内を見て、少し考える。武器はミュウにもらった杖がある。抜く機会のなさそうな短剣も、まぁこのままでいいと思う。

「私、武器は今のままでいいかな。防具ってどこで扱ってるの？」

「お向かいの、あのお店だよ」

ミュウが目の前のお店を指差す。

「近……うっそ、全然わかんなかった……」

どうも私は周囲に気を配る能力が低いらしく、振り向いてすぐのところにあるお店にすら気づかなかった。大丈夫か、私……

「じゃあ私、先に防具見てくるね」

「うん、わかった」

……気を取り直して防具店に向かう。パーティーを組んでからというもの、ミュウと別々に行動するのは地味に初めてだったりする。今回は目的地が目の前なので、さすがに迷わないでしょ。

それにしてもこの路地裏、商売する気があるのかどうかわからない。防具店も、チラッと中を見ると確かにお店なんだけど、外装はちょっとボロい。看板も『ミ……ア……具店』みたいな感じで読めない。ミュウがすすめる以上、変なお店じゃないだろうけどね。

店主は……奥にいるのかな？

「ごめんくださーい」

「あいよー！」

威勢のいい声とともに奥から現れたのは、失礼だけど昨日のビッグベアを想像しちゃうような、恰幅《かっぷく》のいいおばちゃんだった。近づいてくるだけで威圧感が半端ない。

「いらっしゃい。杖を持ってるってことは冒険者かい？」

「はい。防具を探しに来ました」

杖を見ただけで、普通の格好をしてる私を冒険者だと見抜いたおばちゃん。私でも見る人が見れば、ちゃんと冒険者っぽいのかな？

「その声……さっき向かいの店で悲鳴あげてた子だね？」

「うっ……」

しかもこのおばちゃんは、なかなか悪戯《いたずら》心があるようで……ニコニコと笑顔で私と話してるのに、すごみがあるせいでちょっと怖い。というか、さっきの聞かれてたのかぁ……なんか恥ずかしいな……

「で、お探しのモノはなんだい？」

「あ、そうですね……私、力がないんですけど、そんな魔法使いにおすすめの防具ってありますか？」

……そして話題転換も早い、と。なんかずっとおばちゃんのペースだけど、話が早く進む分にはありがたいね。長々と話をするのは疲れちゃうし。

「予算はどのくらいだい？」

「大金貨二枚以内で」

ビッグベアのおかげで予算には余裕がある。皆で分けたから、私がもらったのは大金貨二枚。それでもそれなりにいいものが買えるはず。

「あいよ。ちょっと待ってな」

おばちゃんが奥に行ってからしばらく……両手にいろいろ持って戻ってきた。

「よいしょっと……だいたいこんなとこかねぇ」

おばちゃんの手にあったのは、色とりどりのローブ。派手なものもあれば、地味なのもある。

「これなんてどうだい？」

そう言っておばちゃんが取り出したのは、他のものとはどこか違う白いローブだった。

「わぁ、綺麗……」

「だろ？　自慢の逸品《いっぴん》さ。アンタに似合いそうだね」

それには控《ひか》えめな装飾が施《ほどこ》されている。スミレに似た花の刺繍《ししゅう》だね。生地は光の反射加減でキラキラ光って見える。手触《てざわ》りは、ふわっと押し返されるような、絹《きぬ》とは違うけれど、それくらい上質な柔らかさだった。

「どうだい？」

「すごく綺麗ですけど、この手触《てざわ》り……なにでできてるんですか？」

王宮でもらって、今も私が着てる服は麻《あさ》っぽい材質。おばちゃんが持ってきたローブの中には、絹《きぬ》っぽい材質のものもあった。どれとも微妙に違う、コレの材料が気になったんだけど……

「大蜘蛛《おおぐも》の糸さ」

「お、大蜘蛛《おおぐも》……ですか」

……うん、聞かなきゃよかった。私は蜘蛛《くも》……というか足の多い生き物が大の苦手。日本にいた頃は小さな蜘蛛《くも》でもダメだったくらい。この世界ではまだ目撃していないけど、出てきたらびっくりしすぎて、魔法でなんとかしようとするかもしれない。それくらい嫌い。……でもこのローブには、なぜか惹《ひ》きつけられる。

「冒険者連中もたまに来るんだけどねぇ。魔法使いは皆、コレの話をすると逃げちまう。情けないねぇ、たかが蜘蛛《くも》だろうに」

……わかります。私はその大蜘蛛《おおぐも》を見たことはないけど、蜘蛛《くも》嫌いな人がいきなり蜘蛛《く》の糸《も》でできたローブを出されたら、逃げたくもなるって。その冒険者が蜘蛛《くも》を嫌いだったかどうかは知らないけどね。……でもやっぱり、綺麗だなぁ。

「……これ、いくらですか？」

「売れ残り価格で、小金貨一八枚だよ」

高かったらそれを理由に断ったけど、しっかり予算内。気になるものは買っておくべきかな？……あ、そっか。

「じゃあ、これください」

「本当かい？　助かるよ。誰も買ってくれないから困ってたんだ」

もう、これが蜘蛛《くも》だって考えなければいいんだよ。そうすると途端にただの綺麗なローブになるし。手触《てざわ》り最高。綺麗な白いローブだね。早速試着してみた。

「おぉ……ピッタリ」

「うんうん、いいねぇ」

サイズは、私のために仕立てたかのようにピッタリだった。おばちゃんも満足そうに頷いている。ローブの着心地は最高で、今までの服とはまさに雲泥《うんでい》の差。ローブを買った私に気をよくしたのか、おばちゃんが蜘蛛《くも》糸素材の服を、何着かおまけしてくれた。

店の奥を借りて、新しい服に着替える。どの服も気に入ったので、このまま着て帰ることにした。

「ありがとうございました」

私が頭を下げると、おばちゃんはひらひらと手を振る。

「こちらこそ。またおいでよ」

やったね、お得に可愛い装備を手に入れた。日本の服よりも気持ちいいかも。蜘蛛《くも》の糸、侮《あなど》りがたし……うん、これはいい買い物をしたね、私。

お店の外に出ると、ちょうど武器屋から出てきたミュウたちと会った。

「わ、ご機嫌《きげん》だねミサキ。それにその服、すごく似合ってるよ」

「そう？　ありがとう、ミュウ」

思わず軽いステップを踏んでいたけど、ミュウに褒《ほ》められるとさらに嬉しくなる。多分今の私は、盛大ににやけてるんじゃないかな。

「うん、ミサキは白が似合うね」

「ありがと」

この装備というか服は、鏡で見たときはちょっと派手かな？　とも思ったけど、ミュウが似合ってるって言うなら別にいっか。白は私が好きな色だし。

「じゃあ、次はわたしたちかな」

「うん、待ってるね」

ミュウの背中を見送る。私は皆が防具を選び終えるのを待つことにした。

「よーし、防具探すぞー！」

「武器で、お金、使いすぎ……聞いて、ないし」

テンション高く、ウルルが防具店に入っていった。その後ろを、沈んだ表情のクルルが追う。なんか文句言ってたみたいだし……それよりも気になったのがウルルの武器。見間違いじゃなければすごい大きさだったような……なんて言ったたっけ、アレ。

「ほっほ。嬢ちゃん、ちといいかの？」

「きゃあああっ!?」

……野生のおじいさんが現れた！　……じゃなくて、なんでこの武器屋のおじいさんは唐突に背後から現れるの!?　考えてたこと、どっか飛んでっちゃったよ！　はぁ……

心臓に悪い……

「……な、なんですかいきなり……」

「なに、前回渡しそびれたモノがあったんじゃ」

「渡しそびれた？　私にですか？」

おじいさんは頷くと、私にポーチがついたベルトを渡してきた。なにこれ？　私、ポーチなんて買ったっけ？　武器屋で買ったのは短剣だけのはずだけど。

「それは短剣を差せるベルトじゃ。前回、剣帯《けんたい》を渡すのを忘れてのぅ」

「剣帯《けんたい》……そういえば買ってなかったっけ」

言われてやっと気がついた。私はポケットに短剣を入れているけど、ミュウたちはちゃんとベルトで剣を留めているもんね。渡されたベルトには、よく見ると短剣がおさまるくらいのホルダーがついていた。

「なるほど……おいくらですか？」

「ベルト自体はその短剣とセットじゃ。ポーチは必要ならつけるぞ。小金貨二枚でどうじゃ？」

むむ……でもポーチは必要だろうし……仕方ない。

「じゃあ、買います」

「毎度。修理も請け負《う》《お》っておるからの、また来てのぅ」

「壊れたら来ますよ……壊れたら」

要は壊さなきゃいいんだもん。正直、このおじいさんのところに何度も来たくはない。短剣はほとんど使わないだろうし……錆《さ》びて抜けなくなる、とかは嫌だけどね。

早速、ベルトを装着。長さの調節ができたので、腰にぴったりくっつくようにした。あんまり揺れると落ち着かないし。右側に短剣、左側にポーチになってたから、短剣を抜くにはいつも右手で持っている杖を持ち替えるか、放すしかない。私は魔法を使うことのほうが多いし、短剣はほぼ飾りかな。……いいんだ護身用だから。持ってるって伝わればいいんだ。

それから待つことしばらく。ミュウたちの買い物が終わったらしい。……あのおじいさんはいつの間にか消えていた……ホラーかな？

「おぉ！　皆似合うね」

ミュウもウルルもクルルも、武器と防具を揃《そろ》えて、見た目が大きく変わっていた。

「んー……いいの見つけたけど……お金使いすぎちゃった」

「あはは……やっぱり？」

だけどどこか困ったような表情をしている理由は、やっぱりお金のこと。……私も人のこと言えないけど、ミュウたちの装備は、結構いいお値段がしそうだった。皆、女の子だもん、見た目や着心地だって大事なんだよ……多少高くてもね。剣持って鎧《よろい》着てるのが女の子っぽいかはわからないけど、似合ってればそれでいいのです。

「ミュウは動きやすそうだね……無駄がない」

「うん、わたしは動き回るし」

そんなミュウの装備は、水色を基調とした厚手の服に、革製の胸当てと白地のスカート。ブーツは丈が少し長くて、頭にはキャスケットみたいな帽子も被《かぶ》ってる。

「スカートなのはいいの？」

ミュウは普段パンツスタイルだから、少し不思議に思って聞いてみる。

「中にインナー着てるし……」

そうなんだ。でもミュウはやっぱりスカートも似合うね。

武器は白鞘《しろさや》に入った剣。見た目は反《そ》りのない刀みたいな感じ。剣帯《けんたい》には短剣も差してあった。まさに私のイメージした、冒険者っていう装備……

「ウルルは……また、すごいの買ったね」

「そうー？　いいと思うけどなー」

その隣でニコニコするウルルの装備は、硬そうな感じ。桃色のインナーに胸を覆《おお》う金属の鎧《よろい》と、同じデザインの籠手《こて》。黒いニーハイソックスをはいている。腰の厚手の布も、多分おしゃれじゃなくて防御するためのモノなのかな。

「……や、似合ってるけど」

そんな防具よりも目を引くのがウルルの武器。長い柄《え》で、斧《おの》と槍《やり》が合体したみたいなやつ……確かハルバードだっけ。全体的に重そうなのに、ウルルは飛び跳ねてる。すごい力だね、やっぱり……

「一番、お金、使った……高い、痛い」

クルルが嘆《なげ》くのも納得……鎧《よろい》と巨大な武器は、ものすごい高価だったらしい。

「……クルルは上着だけ？」

「ナイフと、バッグも、買った。ウルルで、お金が、なくなった」

「あー……」

凹《へこ》むクルルは私と同じく、布製の服だけ購入したみたい。シャツとスカート、厚手のブーツとタイツも。腰に巻いたベルトの左右にはポーチがあって、後ろ側にナイフが差してあった。その上から濃緑色《のうりょくしょく》のロングケープを羽織って、さらに大きなバックパックを背負っているので、クルルの体のラインはほぼわからない。

「服も、もらったし、多分、大丈夫」

「似合ってるよ、クルル」

左腕には、相変わらずスリングショットが隠されている。大きくなったバックパックにはいろんな道具が詰め込んであって、未来のネコ型ロボットもびっくり。

「なんだかカラフルになったね」

ミュウが私たちを見回して言う。

「似合ってるからいいんじゃない？」

確かに、統一感は全くないけど、私たちはこれでいい。縛りも制限もないほうが絶対楽しいもん。

お互いの新しい装備を褒《ほ》め合いながら、私たちは帰路についた。

装備を手に入れてから三日後、私たちはいつも通り南門を出て、街近くの平原にいた。受けた依頼は、前と同じ薬草集め。薬草が品薄気味で、買い取りの値段が上がったのが決め手なんだけどね。この平原に到着してすぐに、森から魔獣がわらわら出てきたときは焦《あせ》った。けど出てきたやつは小さい上にウルルが瞬殺してる。

「うりゃあーっ！」

ズバァンッと音がして、魔獣が真っ二つになる。

「おりゃりゃー!!」

……そう、今大暴れしてるのは、魔獣じゃなくてウルルのほう。かれこれ一時間は魔獣を葬《ほうむ》り続けてる。鎧《よろい》着て武器振り回して、さらに走ってるのに恐ろしい体力だね……

全く、これじゃどっちが魔獣かわかったもんじゃない。

「ウルル……倒すの早いね」

私が呟くと、ミュウも頷いて言う。

「小型の魔獣ばかりだけど、数が……」

ミュウは、ウルルの無双っぷりを見て戦うのをやめた。……この短時間にウルルが倒した魔獣は、どのくらいなんだろう。私は五十を超えたところで、面倒くさくなって数えるのを諦めた。名前は知らないけど、シカとかウサギっぽい魔獣とか、オオカミみたいなのがたくさん……

「ん、回収が、追いつかない」

……倒した魔獣を回収する役目のクルルから苦情が来た。

「ウルルー、そろそろ終わってー！　回収追いつかないってー！」

私は遠くのウルルに向かって叫んだ。これ以上ウルル無双が続くと、辺りが魔獣の死体だらけになる。それに、残った魔獣は戦意を喪失してるみたいだし、倒すのをやめても大丈夫っぽい。

バァァンッと大きな音がして、ウルルが振り返る。

「りょーかーい！」

……とても武器を振ってる音とは思えない音がした。……あ、ほら。残った魔獣は森に逃げていったし。まさに一目散って感じで……

「やー倒した倒したー」

「おかえりウル……ルっ!?　それなに!?」

戻ってきたウルルは大きめの魔獣を引きずっていた。でも私が驚いたのはそこじゃない。ウルルなら自分より大きい魔獣だって引っ張って来るだろうし。

驚いたのは、ウルルが引きずっていたのが、グチャッと潰れたなにかだったから。

「イノシシ？」

「なぜ疑問形!?　ウルルが倒したんでしょ!?」

首を傾げるウルルに、思わずツッコんでしまう。なんで戦ってた本人が疑問形!?　さては、よく確認しないで武器振り回したね!?　周りの動くもの全部に攻撃してたんでしょ。

「わー豪快……これなんだろう？　〈鑑定〉……ラージボアみたい」

ミュウが使った〈鑑定〉は、対象物の情報を読み取るスキル。これはクルルも使えるらしいけど……ラージボア？　って、イノシシの魔獣だったよね？

「ん、見る影も、ない」

クルルに同じく、私には目の前の潰れた肉塊がイノシシには見えないんだけど。魔獣の知識があるミュウが、スキル使わないとわからないって相当だよ。

「ウルル、なにしたらこうなるの？」

「やー、刃がブレちゃってさー。こう、バーンと」

「そ、そうですか……」

ウルルの戦闘スタイルは、突撃して、力一杯武器を振り抜くパワープレイ。その力が間違ってかかった結果がコレ。ラージボアの頭は潰れて元の形がわからないくらい、えげつないことになってる。

「ウルル、やりすぎ。牙《きば》ないし、これじゃ、換金、できない」

「ごめんごめん、気をつけるってー」

……この魔獣には元々牙《きば》があったんだね。クルルが言わなきゃわからなかったよ。ウルルは謝ってはいるけど、多分また同じことをやらかすんじゃないかな。

それにしても、ほんとにウルル、めちゃくちゃやったなぁ。ため息出るよ。

「はぁ……換金対象ってどれだっけ？　名前とかわからないんだけど……」

「んー……じゃあミサキ、ちょっと集めるの手伝って？」

「うん、了解。こっちでいいの？」

私はミュウが指差した方向へ歩いていく。ウルルがあっちこっち走り回ったからか、魔獣の死体は、それはもう広範囲に散らばっていた。換金できる魔獣だけを集めても、それなりに時間かかりそうだなぁ……ミュウと一緒にやればいいか。……そういや私、魔獣の死体とか見ても気持ち悪くなったりしてないや。自分で思ってた以上に、得意なのかもしれない。もしくはこの世界に来て変わったのかも。まぁ、冒険者としてやっていく分には、このほうがいいんだろうけどね。

「ミサキ？　どうかした？」

ボーッとそんなことを考えてたら、ミュウが心配そうにこっちを見ていた。

「ううん、なんでもない。ただ、魔獣多いなーって思って」

あれ？　気分変えるつもりで言ったのに、今度はミュウが考え込んじゃった。

「……確かに。この前とは全然違う……」

この前はビッグベアにしか遭遇してない。でも、今日は教えるのも億劫《おっくう》なほど魔獣が湧いてきてたけど……そんなことしてる間にも魔獣が森から出てくる。

「ってあぁまた、【ライトアロー】！」

私の魔法の練習になるからいいけどね。【ライトアロー】でラージボアが一直線に飛んでいった。もっとも、私が魔法を当てた魔獣は吹き飛ぶから換金できないけど……ウルルよりヒドイ。

「……うん、だいぶ当たるようになった」

ホッとしたそのとき、なんとも言えない感覚が体を駆け巡った。なんだろう今の……いきなり水の中に落ちた、みたいな。

「？　ミサキ、どうかした？」

私が動きを止めたのが気になったのか、ミュウが声をかけてきた。

「うん？　あ、いや……ちょっと変な感じがして」

不快なわけじゃないんだけど、今までこんなことなかったし。

「変な感じ……んーなんだろ？　レベルアップとか？」

ミュウがそう言う。レベルアップ？　それってこんな感じなの？

「ステータス確かめる？　警戒はわたしがしとくね」

一応チェックしておこうかな。ステータスに集中してると周囲の警戒がおろそかになる。ミュウが注意してくれるって言うのなら、ありがたく……

「うん、お願い……【ステータス・オープン】」

ミサキ・キサラギ　十八歳
Lv：5
職業：村人
スキル：〈言語適正（人）〉、〈星光《せいこう》魔法〉、〈回復魔法〉

……レベルが5になってる……前に確認したときは、1だったよね。下手するとビッグベア戦でもう上がってた可能性もあるし、5になった今まで変な感覚になったことはない。これはレベルアップのせいじゃなさそう。……ん？　んん？〈星光《せいこう》魔法〉？なんだろうこれ。こんなの持ってなかったはずだけど……あれ？〈光魔法〉どこ行った？……まぁ、とりあえず見てみようかな。

〈星光《せいこう》魔法〉……所持者に星の輝きを与える。広範囲攻撃魔法が行使可能。
【サンクチュアリ】【スターライト】【ライトショット】【ライト】

広範囲攻撃魔法ができるようになったんだ……星の輝きってのがよくわからないけど、〈光魔法〉が〈星光魔法《せいこう》〉に変化したってことなの？　【サンクチュアリ】と【ライト】はそのまま残ってるし、そういうことかな。だけど……あんなに活躍した【ライトアロー】はなくなってしまった。ちくせう……また一からかぁ……

「ミサキ、どう？」

周りを警戒してくれてたミュウが尋ねてくる。

……さっきの感覚は、スキルが変わったから起きたのかな？　それともこのスキルだから？

「スキルが変わってた。ねぇ、ミュウ。〈星光魔法《せいこう》〉って知ってる？」

「ううん、知らない……初めて聞いたよ」

「ミュウも知らないの？」

知らないとなると、どんな魔法なのか気になってくる。というか、新しく増えた【スターライト】と【ライトショット】は、試さないとどうなるかわからない。いきなり大爆発でもしちゃったら目も当てられないし。

「……ちょっと試そうかな」

「なになにー？　ミサキの新しい魔法ー？」

「興味、ある。どんな、魔法？」

ウルルとクルルも作業の手を止めて見に来た。いやぁ、私もどんな魔法が飛び出すのかわからないんだよね。広範囲ってのが怖い。辺りに撒《ま》き散らす系じゃないといいけど……。

「危なくないよね……」

ミュウがチラリと私のほうを窺《うかが》う。

「……多分ね」

としか答えられないよ……。幸い、魔法は意識してないと発動しない。うっかり魔法名を口にしても、瞬間的に飛び出すわけじゃないから安心。その調節が微妙に難しいんだけどね。……ミュウが心配するのも当然、というか、ぜひウルルとクルルにも警戒してもらいたいね。私の前に立つと危ないよ。

目の前にある木に向かって、私は杖を構える。

「【スターライト】……はなんとなく怖いから後回しで、えっと……【ライトショット】！」

まず詠唱《えいしょう》と同時にマーカーが出る。ここまではいつもの魔法だったんだけど……木に照準を合わせた私の周りに、ゴルフボールくらいの大きさの、無数の光の玉がふわっと出現した。それがとんでもない速度で木に向かって飛んで……そのまま貫通して、森の奥に消える。

――メキメキ……ズゥン……

穴だらけにされた木が大きな音を立てて倒れた。

「「「「……」」」」

ちょ、ちょっと、予想外すぎる魔法だった。なにこの威力……ちょっと過剰すぎやしませんかね？

「す、すごい魔法だね……」

「おー木が倒れたー」

「ん、強い、魔法。すごい」

絶句していたミュウ、ウルル、クルルが順に感想を言う。ミュウは恐ろしいモノを見たかのように、ウルルとクルルはさも当然とばかりに……やっぱりどこかズレてる。

というかこれを、試し撃《う》ちなしで使っていたら……最悪、いつも先陣きって戦ってくれてるウルルが消える事態になってたかもしれない。うん、試してよかった、【ライトショット】。

「んー……今のは【ライトアロー】の上位互換みたいだったね」

冷静に分析をするミュウ。言われてみれば、数が増えただけで基本は似てた。

「確かに……でも次のは完全に初見。どんな魔法だろ……」

残るは、一つ増えていた【スターライト】。星の光なんて名前がついてる以上、下手すると【ライトショット】よりも危険なものかもしれない。さてどうなるかな。

「……【スターライト】！」

ファンシーな音とともに出現したのは、たくさんの星形の光。それが手裏剣《しゅりけん》みたいな感じで飛んでいって、倒れた木の隣の木に刺さった。

うん……ただ刺さっただけ、それだけ。爆発するでもなく、貫通するわけでもなく。

「「「……終わり？」」」

皆が不思議そうに聞いてくるけど、私も首をひねりながら頷く。

「……みたい」

……これもある意味、予想外の魔法だった。

しかも星形の光は、刺さったあともなかなか消えない。木がいびつなクリスマスツリーみたいになったまま残っている。刺さる星形のオーナメント……なにこれ。

「面白い魔法だね……あ、触《さわ》れる」

恐る恐る木に手を伸ばしたミュウが触《ふ》れると、星は問題なく木から抜けた。すぐに儚《はかな》げな音を立てて割れちゃったけど。触《さわ》ってもダメージはないらしい。

「三十秒くらいで消えちゃうのかな？　どうやって使うんだろう……」

ミュウがうーんと考えてる一方で、ウルルはなんか楽しそう。

「踏んだら痛そーだねー」

「……痛いじゃ、済まなさそう、だけど」

クルルは、そんなウルルに静かにツッコむ。

【スターライト】は、木に刺さるだけの硬さはあるはず。とがってるし、そんなの踏んだらクルルの言うように痛いじゃ済まない……大惨事《だいさんじ》だって。魔獣の牽制《けんせい》に使うにしても、あまり乱発しすぎると直接武器で戦うミュウとウルルの邪魔になっちゃいそうだし。

うん、お蔵入り確定。

「「「グオォォォ!!」」」

……そこにまた魔獣の群れが現れた。さすがのウルルもうんざりした感じの声を出す。

「あーもー、また来たー！」

「仕方ない、魔法の検証はここまで！　さぁ倒そう！」

「「「おー」」」

もう、ゆっくり魔法を確かめてもいられないし、今わかってる魔法で戦うしかないかな。私が持っている魔法で、どんなものか明らかなのは……っと。

【ライト】……目くらましにもならない。周囲も昼で明るい。

【ライトショット】……まだ加減が難しくて、前衛を巻き込みかねない。

【スターライト】……邪魔。

【ヒール】……誰も怪我はしていない。

……うん。おとなしく【シールド】での援護に徹《てっ》しよう。ウルルの様子を見てると、それすら必要なのかわからないけどね。めちゃくちゃ倒してるし、もうあの子一人でいいんじゃないかな。

「「「グオォォォ!!」」」

……まぁ、そんなこと言ってる場合じゃないくらいいるんだけどね、魔獣。

――ヒュドォォォンッ。

おぉう、クルルの爆弾が火を噴《ふ》いた。でも、すぐに煙を払った魔獣がわんさか出てくる……一体どれだけいるのやら……

「キリが、ない。手持ちの、爆薬が、少ない」

「しつこーい！」

魔獣はどんどん来る。クルルとウルルが文句を言えるくらい余裕があるので、一体一体はそこまで強くないはずだけど……魔獣の群れの多さに押されて、だんだん街を囲む壁に近づいてきた。以前ミュウに、魔獣はほとんど街のほうには来ないって聞いたはず……ちょっといくらなんでもおかしくない？

「これ……もしかしたら《魔獣暴走《スタンピード》》かも……」

近くに来た魔獣を切り伏せながら、ミュウが聞き慣れない言葉を発した。

「《魔獣暴走《スタンピード》》？　なにそれ？」

「魔獣が異常に増えるっていう現象だよ。年に何回かあるんだって。でも……もしそうなら、わたしたちの手に負えない……！」

え、マズくないそれ。ミュウが断言するなら、間違いなく私たちだけでどうにかなるような問題じゃないよね？　なら、ここですることは一つ。

「……逃げよう。クルル、あといくつ〔爆発水薬《バーストオイル》〕持ってる？」

「五つ。で、どうする？」

このまま私たちが逃げても、魔獣の数が多すぎて、いずれ追いつかれる。だったらもう全力でやっちゃって、少しでも魔獣を減らしたほうがいい。私の進化した魔法は殲滅《せんめつ》戦には向いてるし。

「ありったけの爆弾と、私の魔法で時間稼《かせ》ぎ！」

「ん、わかった。いつでも、いいよ」

すごく雑な作戦だけど、じっくり練《ね》ってる暇もないし。クルルがバッグから爆弾を取り出すのを見つつ、前で戦っている二人に声をかける。

「ミュウ！　ウルル！　爆弾いくから下がって！」

ミュウとウルルが下がったのを確認したら、今度は魔法を発動！

「さぁいくよ！　【ライトショット】！」

「……えいっ」

私の魔法とクルルの爆薬が、大量の魔獣を吹き飛ばす。

よし大成功！　数が多いなら面で制圧すればいいじゃない作戦！　魔獣は大量にいるから、どこに撃《う》っても投げても当たるし。一体一体狙うより、一気にやっつけたほうが効率いい！

「「「ギャアァァァ!?」」」

辺りに断末魔の叫びが響き渡る。……思ったよりも、クルルが投げた爆弾の威力が大きすぎるけど、強い分には構わないし、まぁいいでしょ！　さ、逃げよう。……えぐれた地面なんか知らない。でもまだ魔獣はたくさんいるし、逃げ切るには不安……あ、そうだ。

「【スターライト】！」

魔獣の足元の地面を狙って、魔法を発動する。

……攻撃力は低くても、こういうときは便利な魔法だね、コレ。まきびしみたいに撒《ま》いておくと、今みたいに逃げるときなんかは、強いかもしれない。

「「「ギャアァァァ!?」」」

再び魔獣の悲鳴が聞こえる。

……【スターライト】はちゃんと効果があった。踏んだ魔獣が足を止めて、後続が渋滞して、将棋倒《しょうぎだお》しになるって感じで。単体ならそんなに効かなかったかもね。ともあれ、うまくいってよかった。

こうして私たちは無事、平原を抜け出せた。

門での手続きを適当に済ませた私たちは、そのままギルドに突撃して、魔獣が溢《あふ》れてきたことを報告。どうやら他にも同じ報告があったみたいで、私たちのと併《あわ》せて正式な《魔獣暴走《スタンピード》》として発表された。そのとき受付のお姉さんには、「よく無事でしたね」とか言われた。けど、かなりギリギリだったたし。あれ以上残ってたら、多分ジリ貧でやられてたし。

まぁとにかく、今日のところは、ギルドが選んだ冒険者たちが街周辺にいる魔獣の対処にあたるらしい。本格的な討伐は明日からで、私たちも参加することになった。E

ランク以上の戦闘経験がある冒険者は、《魔獣暴走《スタンピード》》への戦闘参加が決まってるらしい。

それと私みたいな〈回復魔法〉系の使い手は、戦えなくても連れていかれるんだそう。

後方での治療ができる人は少ないいんだって。……ギルドからは明日に備えて休んでください って言われたので、私たちは早めに解散して、明日また頑張ろうってことに。

「〈爆発水薬《バーストオイル》〉は、たくさん用意する」

クルルは結構やる気みたい。

「うーん……明日起きられるかなー？」

「ウルルがいないと前衛崩壊しちゃうから……」

ミュウは不安そうにウルルに声をかける。ウルルには、なんとしても起きてもらわないと……

私たちが冒険者になってすぐに、こんな大仕事が待ってるなんて思わなかった……皆もどこか緊張した声になってる。私には戦闘の心得《こころえ》なんてない。でも防御力には自信があるし、〈回復魔法〉だって使える。なら私は……私にできる限りのサポートをする。

皆でギルドを出たんだけれど、なんとウルルとクルルは、家に帰るのがめんどくさい……とか言って、私たちが泊まってる宿についてきた。うーん、いいのかなぁこれで。

第四章　魔獣暴走《スタンピード》、開戦

――ガシャッ。

「うわっ⁉　なになに⁉」

翌朝、私は部屋に響いた大きな音で飛び起きた。

「……ご、ごめんミサキ……起こしちゃったね」

その正体は、ミュウが剣を床に落とした音だったみたい。

窓の外を見てみると、まだ外が少し暗い……ミュウはちゃんと寝たのかな？　いや寝てなさそう……目の下に薄いクマがある。声もなんだか硬いし……

「ミュウ、緊張してる？」

「……うん。こんなこと……聞いてはいても、経験ないから……」

やっぱりそうだった。そりゃ私もこんな大仕事だし緊張はしてるけど、なぜかこういうときは、逆に冷静になってくるんだよね。それはそうと、ミュウが緊張したままなのはまずいなぁ……散々悩んだ挙句《あげく》、私はミュウに後ろから抱きついた。

「ミュウ……深呼吸して」

「うわ……ミサキ……？」

……そりゃ、普段こんなこと絶対にしない。でも、ミュウに安心してほしくて、なぜかこれしか思い浮かばなかったんだもん。……思い切って抱き締めたミュウの体は少し震えていた。触《ふ》れないとわからないほど小さく。ミュウはか細い声で言う。

「ミサキは、緊張してないの……？」

「もちろんしてるよ。大規模戦闘とかしたことないし」

私だってそんな能天気《のうてんき》なわけじゃないから、普通に緊張するし、眠れなくなるときだってある。でも……

「でも大丈夫。私にはウルルとクルルが……ミュウがいる。ミュウにも私たちがいるよ。一人で戦うわけじゃないから」

「あ……」

多分、ミュウは背負い込みすぎてるんだ……対して、私が冷静でいられるのは、間違いなくこれが理由。一人で戦うんじゃない……皆がいるからこそ、私は落ち着いていられる。これがもし一人だったら間違いなく逃げたね。

「それに、私は魔法使いだよ？　防御が得意な、ね。私が守ってあげる」

ミュウに向かって言ったけど、半分は自分に言い聞かせる感じかな。武器を持って戦えない私なりの、精一杯の覚悟。

「……ふふ、そうだね」

少しミュウに笑顔が戻った。よかった……

「ウルルも、クルルも。皆がいるんだから大丈夫。だからいつもの頼れる、私を助けてくれる最高のミュウでいて？　ミュウがいないと私が困るから」

「……うん、うん！」

ミュウは、この世界に来て初めてできた友達。いつも頼れるしっかり者。だからこそ、いつものミュウでいてほしい。誰か一人でも欠けたら、『ミサキのパーティー』は成立しない。ミュウはもちろん、それはウルルでも、クルルでも同じ。

「……はぁ、なんだか元気出た……ありがとうミサキ」

「どういたしまして」

まだ少し声に疲れがあるけど、だいぶ元のミュウに戻った。完全復活まであと少しかな？

……でも続く言葉で、今度は私が驚くことに。

「ミサキってお母さんみたいだね」

「おかっ……せめてお姉さんにして……まだ若いから……」

……まさかミュウにお母さん呼びされるなんて。大したことは言ってないし、二歳しか違わないはずなのに……私はお母さんに見えたの？

「あはは、ごめん。昔おんなじこと、お母さんに言われたんだ。冒険者は一人じゃない……大丈夫だ、誰かを頼れ……って」

「……そっか」

お母さんに見えたわけじゃなくて、お母さんと同じことを言った……ね。それならいいけどね……見た目までお母さんじゃなければ。

「……緊張とれた？」

私が聞くと、ミュウはにっこり笑って言う。

「うん、もうすっかり」

……うん、元通りいつものミュウ。私が大好きな、花みたいな笑顔の。らしくないことをした甲斐《かい》があったってもんです。

「よかった、いつものミュウだ」

「もー……」

その後、緊張して夜眠れなかったらしいミュウは、空が明るくなるまで眠った。そんなに長時間じゃなかったけど、起きたミュウはすっきりした顔になっていた。しっかり休めたようでなにより。……こっそりかけた【ヒール】は役に立ったのかな？　疲労回復ができるかは知らないけどね。

「……っと、そろそろウルル起こさないと」

そういえばまだ問題児が残ってたっけ。クルルはしっかりしてそうだけど……うん、ウルルは起きてなさそう。私とミュウの隣の部屋で寝ていた、ウルルの顔を覗《のぞ》き込む。

「……やっぱり寝てる、かぁ」

「うにゃぁー……」

案の定、ウルルはいまだ爆睡中。同じ部屋に泊まったはずのクルルの姿が見えないけど……まぁ起きてるならいっか。ちゃんとギルドには来るだろうし。……って！

「うわ危なぁっ!?　ちょっ……洒落《しゃれ》になんないから！」

早速ウルルを起こそうと近づいたら、寝ぼけたウルルの腕が、ものすごい速度で私の鼻先を掠《かす》めた。……ブォンッて音したよ……あり得ないくらい怪力のウルルに殴られたら、私みたいな人はあっさりと死んでしまう。なにか焦《こ》げたような匂いしたし……

「おーい……ウルルー、起きてー……」

「うにぃー……」

怖くなった私は、少し離れたところから杖でつんつんすることにした。脇腹辺りを攻めまくって起こす作戦。この間合いなら、ウルルのこぶしが当たることはない……はず。

「うー……う？　あはっ……あはは！　あはははは！」

「あ、起きた……」

よし……作戦成功。どうにかウルルを起こすことに成功した……謎の達成感がある。

そして、大暴れしながら起きるウルル……近くにいなくて正解だったかも。

「はーくすぐったーい……あれ？　ミサキー？」

「おはようウルル。もう朝だよ」

ウルル以外はもう起きてるよ。さぁ起きなさい、もう外明るいから。

「おはよー……もうー？　あー……」

ウルルはまだ頭がぼんやりしてるみたい。私はちょっと強めの口調で言う。

「ほら身だしなみ整えて……ってうわぁ！　そのまま行っちゃダメ！」

おおぅ。ウルルが寝間着《ねまき》……というか下着姿のまま廊下に出ようとした。あのね？

ここ宿だからね？　そんな格好でふらっと外出ちゃダメだよ、ウルル！　あなた女の子なんだから。……いや仮に男でも、下着姿で歩いてたら嫌だけど。

「ふぁーぁ……眠ーい……」

「ギルド行かないと。ほら着替えて着替えて」

でもなんというか、手のかかる妹ができたみたいで、こういうやりとりがちょっと楽しい……私、兄弟とかいなかったからなぁ……なんか新鮮。

「なんかミサキ……お母さんっぽいー……」

「ぐふっ……お、お母さん……ウルルまで……」

ここでウルルの会心《かいしん》の一撃！　……ねぇ、私は皆のお母さんじゃないよ？　……え、なに？　そんなにお母さんっぽいの、私。皆にも普通にお母さんいるよね？

「？　……どうかしたー？」

「……なんでもない……」

ウルルはきょとんとしている。姉の気持ち……とか思ってたのになぁ……お母さんか。……これでクルルにまで言われたらどうしよう。……うん、気にしない気にしない。泣いてなんかない。

「……まぁいっか……着替えたら、ギルド行こう……」

おかげでどっと疲れたよ……ほんと、朝からなにやってんだろ私……これから大仕事なんだけどなぁ……

そして街に活気が出始めた頃。身支度をして……というかさせて、宿を出た。外は昨日までとは全然違う様子だった。人がすごく多い。

「わぁ……こんなに人が……」

「冒険者ってこんなにいたんだ……」

ギルドの前にはすごい数の冒険者が集まっていて、受付嬢さんがなにかを叫んで冒険者を誘導していた。……もはや施設内におさまらない人の数。ミュウの両親も現役らしいし、どこかにいるのかな？

「ミュウの両親も、どこかにいるの？」

「んー、多分ね。さすがに探すのは無理だけど……」

そりゃそうか。私だって通勤ラッシュの駅のホームで、たった二人を見つけろ……なんて言われても無理だもんね。それくらいの混みようだし。

「見つけた。白は、目立つ」

「あー、クルルー」

と、そこへ朝から行方不明《ゆくえふめい》だったクルルがやってきた。やっぱり目立つかなぁ、このローブ。この混みようで、クルルが私を見つけられるくらいだとは……

「おはようクルル。どこ行ってたの？」

私が尋ねると……一瞬、クルルが悪い顔になった。

「買い出し、と、調合」

「なるほど」

多分、いつも以上に膨《ふく》らんだバッグの中には、爆弾かその材料がたくさんある……クルルがなにを使って爆弾を作ってるかは知らないけど、多分そこそこ身近なものだと思う。だっていつも大量に作ってくるんだもん。

「……巻き込まないでね、爆発に」

「ん、善処、します」

クルルはそう答えてくれたけど、善処しないだろうなぁ……喜々として爆弾撃《う》ちまくるだろうなぁ。あ、胃が痛くなってきた。【シールド】……頑張ってね。

そうこうしてるうちに、冒険者の集団が長ーい列になっていた。ギルドの職員っぽい人たちが必死に誘導をして、先頭の人たちから順にどこかへ向かってる。

「ねぇミュウ、これってどういう状況？」

「んー……指示待ちじゃないかな？　ほら、人多いから」

「あー……確かに。一度にまとめては無理だもんね」

そんなことしたら聞き漏らす人が絶対出る。よく見るとこの行列、各パーティーごとになってるっぽい。装備の一部がお揃《そろ》いだったり、女性だけだったり……ってこれは私たちもか。

「ふぁーぁ……」

「……」

まだ眠いのか、ふらふらしながら歩くウルルと、左手のスリングショットを弄《いじ》るクルル。いつになくこの二人が静かだと、どこか緊張感が漂《ただよ》う。……まぁ、ウルルの顔を見ればそんなの吹っ飛ぶけどね。すごい眠そうな顔してるから。

そして私たちの番。白髪で白い髭《ひげ》のおじさんが目の前にやってきた。この人は誰なんだろう……見たことある人の中で過去最高に筋骨隆々《きんこつりゅうりゅう》なんだけど。ビッグベアとか素手で倒しそう。

「おう、Eランクの『ミサキのパーティー』だな？」

「え？　あ、はい」

なんで私たちのこと知ってるんだろうとか思ってたら、私の顔を見たミュウがこっそり教えてくれた。実はこのおじさん、冒険者ギルドのギルドマスターらしい。……危ない危ない……そりゃ私たちのことだって知ってるはずだよ。

おじさんはニカッと笑って、私に言う。

「お前さんは〈回復魔法〉が使えると聞いている。期待しているぞ」

「はぁ……頑張ります」

そんな期待されてても、あんまり自信ない。なんか返事が適当になっちゃったけど……気にしてないみたいだからいいかな……

そんなふうに考えている私なんてお構いなしに、おじさんは少し遠くを指差す。

「おう！　お前さんたちは南門に向かってくれ。青い髪の、背の高い女がいるはずだ。ソイツの指示に従ってくれ」

……あれ？　ここで話を聞くんじゃないの？　とりあえず言われた通りに向かいたいんだけど……

さてさて南門。もう何回も行ってるはずなのに、まだ道がわからないってどういうこと？　私、相当方向音痴《ほうこうおんち》なのかな。

「ミュウ、任せた」

「あはは、うん……任された」

さすがミュウ、頼りになる。……早く道覚えよう。

ギルドの外には、まだ長蛇《ちょうだ》の列があった。ホントに冒険者っていっぱいいるんだね。この人数が参加する《魔獣暴走《スタンピード》》って、一体どれほどの規模なんだろう……そんなのが年に何回も？　冒険者すごいね。もう私も冒険者だけど。

ミュウを先頭にしばらく歩いて、南門に無事到着した。

「おー、人がいっぱーい」

「ん、壮観」

着く頃には、ウルルが覚醒《かくせい》してた。あんまり表情は変わらないけど、クルルもびっくりしてるみたい。で、門の前の広場には、それはもうたくさんの冒険者たちがいた。

「お？　黒髪黒目……アンタ、ミサキかい？」

「うにゅおわっ!?」

そのとき突然、背後から声がかかった。というか、ものすごく近くから声が聞こえた。

あまりのことに変な声が出る。振り返った先には、緩くウェーブがかかった群青色《ぐんじょういろ》の髪と、深紅色《しんこうしょく》の目が特徴的な女の人が立っていた。女性にしては背が高くて、妖艶な雰囲気をまとっている。臙脂色《えんじいろ》の分厚いコートと鍔《つば》の広い帽子を着用していて、幅広のサーベル……カトラスだっけ？　を持っているからか、どこか海賊を思わせる、不思議な人。女傑《じょけつ》とか、姉御《あねご》とかって感じがする。

「おや悪いね。脅《おど》かすつもりはなかったんだけどねぇ。アンタがミサキかい？」

「……はい、私がミサキです」

「あぁ、アタシはオルカ。〈回復魔法〉の使い手は貴重でねぇ……探してたんだ」

ギルドマスターが言ってた女っていうのは、きっとオルカさんのことだよね。

「あの、指示を聞けと言われていて……」

「あぁ、バージェスに言われたんだろう？　アタシは今回、ここの指揮を執《と》るからねぇ。ま、詳しい話は全員集まってからだね」

……バージェス？　あー、ギルドマスターの名前か。そういえば聞いてなかったなぁ。

それにしても、これだけいてまだ全員じゃないんだ……オルカさんは、じゃ、と言って人混みに消えていった。……今は、待ちますか……と。

「……げ」

……なんか今、嫌なモノ見た気がする。ちらっと遠目に映ったアレは……

「？　ミサキ、どうかした？」

ミユウが不思議そうに首を傾げる。私は思わず顔をしかめた。

「いや……ちょっとね……多分、勇者が来てる」

そう、一瞬だったけど、あのひときわ目立つ集団……間違いない。遠くて顔までは見えないけど、ことさら目立つのが三人いて、彼らをとり囲むようにたくさんの騎士が。あの鎧《よろい》……王城の騎士が着ていたものと同じだし。ってことは……アレが一緒に召喚された人たちでしょ。

「え？　勇者様来てるの？」

「へー、見たーい」

ミュウとウルルが途端にはしゃぎだす。

……様って聞くと、どこか複雑な気分。でもそれは、私があの人たちと同じ日本人だからで、皆にしてみれば、まさに雲の上の存在……なんだよね、きっと。……ウルルは単純に珍しいモノを見たいだけかな？　まぁ、私は絶対に様なんてつけないけどね。

というか、まずい。勇者ご一行が、どんどん近づいてくる。

「……絡まれると面倒だから、知らんぷりしてて」

「ミサキー、なんかあったのー？」

ウルルが無邪気《むじゃき》に尋ねてくる。

なんかあったんです。私が見つかると、なんでお前がここに！　ってなりかねない。

ローブについていたフードを被《かぶ》って、私は空気になる！　……なんか私、幽霊みたい。

ローブ白いし……でも、見つかりたくはないのに、気になるのが元日本人の性《さが》。

「あ」

「……っ」

顔を上げたのがマズかった……はい、ばっちり勇者と目が合いました。すぐにフイって顔逸《そ》らされたけど、完全にバレた。

「……あ～……やっちゃったなぁ……勇者たちに会いたくないのに……」

「……多分、大丈夫」

「んえ？　どういうことクルル」

私が後悔に苛《さいな》まれていると、今まで黙っていたクルルが口を開いた。

「勇者は、多分、一番前に、出る。でも、ミサキは、後衛……しかも、治療担当」

「あ、そっか。会わないいんだ」

「そう。勇者が、怪我、すれば、話は、別だけど」

……一気に不安にさせてくれるね、クルル。普通に戦ってる限り、私と勇者に接点はない。でも、勇者が負傷すれば、傷を治すために下がってくる。まぁ、まさか弱いなんてことはないだろうけど……村人がコレだし。……あーもう。

「……なるようになれぇ……」

「あ、ミサキが投げた」

もういろいろ考えるのはやめた！　めんどくさいだけだもん。私が気にしすぎなだけかもしれないしね。ミュウの呆《あき》れたような表情なんて見てない、見えない。

「っと、そろそろ始まるよ」

「ぅ」

……脇腹つつかれると地味に痛いよ、ミュウ……見れば、オルカさんが壇《だん》に乗って声を張り上げるところだった。

「ヤロウども！　よく聞けぇ！」

騒がしかった冒険者たちが、オルカさんの声でシーンとなる。

「ようし、アタシはオルカ。今回、南門付近での総指揮を執《と》ることになった。文句がある奴は裸で最前線だよ……なんか文句あるかい？」

「「「……」」」

……あるはずがありません。そんなこと言われて、ありますって人もいないような気がするけど……ミュウたちもポカンとしてるよ……

「結構。じゃあ作戦を言おうかねぇ……と言っても、まぁ今回はシンプルだよ。魔獣の団体さんに、正面からぶち当たる。まず攻撃性の魔法が使える奴が先制する。盾《たて》持ちは死ぬ気で魔獣の攻撃を止めな。治療できる奴が何人かいるからねぇ……生きてりゃなんとかなるだろう。死んだらアタシが殺す」

……む、無茶苦茶《むちゃくちゃ》だよあの人……！　かなりクレイジーな作戦にしか聞こえないんですけど！　死んだら殺すって、そんなの現実で聞く日が来るなんて……周りから一切反対が出ないのがまた怖いよ。なんでこれで納得できるかなぁ……

「それと、今回は勇者が出るんだとさ。だいぶ楽できるんじゃないかい？」

「「「おぉぉー」」」

……一気に騒がしくなった。勇者って、かなり期待されてるんだね。あ、壇《だん》の上にあの三人が上った。今度は目線には気をつけよう……最初は、さっき目が合った勇者。

「勇者のケン・カトウだ！　足引っ張んなよ！　俺だけで十分だからな！」

……うーん、言うねぇ。勇者は、これでもかと装飾された鎧《よろい》を着込んでる。こう言うとアレだけど、鎧《よろい》を着てるというより、鎧《よろい》に着られてるというか……しかも貴重だっていう、銀でできた鎧《よろい》みたいなんだよね。でも、銀は柔らかい金属なはずで、鎧《よろい》には向かないと思うけど……

次に口を開いたのは、召喚されたときにスーツを着ていた、眼鏡の人。

「……賢者、タクマ・ササキだ。せいぜい生き延びるんだな」

……勇者より、もっと言う人がいた。ギリギリ聞き取れる声で喋るなぁ……賢者は、もたっとした装飾だらけのローブに、宝石だらけの杖を持っていた。……なんかこう、コレジャナイ感が漂《ただよ》ってる。あのローブ、すんごい動きにくそうだし。

最後に、筋肉が印象的な、武闘家？　の人が話すみたい。

「カイ・コンドウ！　武術師範だ！」

……終わり？　バッと言ってサッと下がった武術師範の人は、他の二人に比べると、装飾や宝石を身につけていない。でも籠手《こて》は銀製の、勇者の鎧《よろい》と同じ感じのモノ。直接魔獣を殴るには、ちょっと向かないいんじゃないかなぁ……

「偉そうな人だねー。私嫌いだなー」

「ん、同感。見下されるのは、嫌い」

……ウルルとクルルは嫌悪感を隠そうともしない……あれ？　じゃあミュウは？

「んー……戦えるのかなぁ……あの鎧《よろい》、銀だよね？」

「あ、やっぱり？」

ミュウは私と同じように分析……というか観察してた。ブツブツ呟きながら壇上《だんじょう》を見てる。やっぱりあの鎧《よろい》、銀製かぁ。なんか不安が増してきたよ？　大丈夫なんだよね？

「魔獣なんか余裕じゃねーの？」

武術師範がそう問いかけると、賢者も頷きながら言う。

「オレたちがいれば、ここまで人数を集める必要はないと思うがな……」

うーん……あの自信はどこから来るんだろう。ちゃんと召喚されたあの人たちは、そりゃ私より戦いに向いているだろうとは思う。ただ、魔獣はそんな油断していいような相手じゃないことを私は知ってる。おかしなことにならないといいけど……

オルカさんがコホンと一つ咳《せき》払いして、締めの一言を発した。

「……ま、ここまで言う勇者がついてる。アタシたちはいつも通り、魔獣を狩るよ！」

「「「うおぉぉー!!」」」

広場から割れんばかりの鬨《とき》の声があがる。ここまで来ると、もううだ考えてる暇はない。勇者のことは一旦忘れて、《魔獣暴走《スタンピード》》に集中しないとね。……まぁ私、治療担当だけど。

広場から門の外へ移動する……といっても、目の前が門だから迷うこともない。オルカさん自身も、矢継《やつ》ぎ早《ばや》に指示を出しながら移動している。多分前衛として戦うんだと思う。

で、そのオルカさんの声を聞くと、大まかな作戦がわかってきた。

まず開門と同時に前衛の冒険者が外に出て、魔獣を発見次第攻撃を仕掛ける。だけどその場で倒すんじゃなくて、一ヶ所に誘引《ゆういん》するのが目的。

次に、だいたい魔獣が集まってきたら、攻撃力の高い魔法使いたちが一斉砲撃《ほうげき》。このとき前衛は砲撃《ほうげき》を頑張って耐える。それだけ聞くと、はぁ!?　ってなりそうだけど、その場に残る前衛は、全員魔法に耐えられる防御系のスキルを持ってるんだとか。過去の

《魔獣暴走《スタンピード》》でも似たようなことをやってたらしい。

で、最後に数が減った魔獣を、一体ずつ力を合わせて倒す。怪我をした人は、回収専門のサポーターたちが後方に連れてくる。後方には回復魔法が使える私のような魔法使いや、病院……この世界じゃ治療院っていうところの人たちが待機してて、その都度対応。

……最後に聞こえたオルカさんの言葉は、「無理のない程度に無理をして勝つ」だった。

あの人だいぶ無茶苦茶《むちゃくちゃ》だよ……こう言っちゃなんだけど、私は前衛じゃなくてよかった。

「お、いたいた。ミサキさんっすね？」

「え？　はい」

持ち場についたら戦闘担当のミュウやウルル、クルルとは別れるのかなぁ……とか思っていたら、人混みを掻《か》き分けてきた女性に声をかけられた。相手が私の名前を知ってることに関しては、もうツッコまないよ。

「……おっと、失礼したっす。ウチはリーズ。リーダー……オルカのとこのパーティーメンバーっす。リーダーからの伝言を預かってきたっす」

「そうでしたか」

女性……リーズさんは、桃色でクルンとした癖のあるショートヘア。スレンダーな体をどこか忍者っぽい服装で包んでいるのが特徴的。

「んじゃ早速……コホン。『ミサキとその仲間は、《魔獣暴走《スタンピード》》は初参加だろう？　今回は後方の護衛として参加しな。いや悪いね、さっき伝え忘れた』……以上っす」

「オルカさぁん!?」

そういう大事なことは早く言ってよ！　さっき伝え忘れた、じゃないですよ！　もうちょっとでミュウたちと別れるところでしたけど！

「私は戦っちゃダメなのー？」

リーズさんの言葉を聞いていたウルルが、残念そうに唇をとがらせてる。

「いや、ダメってことはないはずっす。人手はいくらあってもいいっすから。ただ、最初は後ろにいたほうがいいっすよ……魔法砲撃《ほうげき》は、容赦《ようしゃ》ないっすから」

「ふーん。わかったー、そうするねー」

リーズさんは最後の一言で遠い目をした。……砲撃《ほうげき》でなにがあったんです……？　余計な詮索はさらなる余計なことを呼ぶからね。ウルルも一応納得したみたいだし、いいか……

「っと、そろそろっすね。じゃ、頑張るっすよー！」

「リーズさんも、お気をつけて」

門のほうを振り返ったリーズさんは、挨拶《あいさつ》もそこそこに人混みに消えた。スルリスルリと人の間を通る身のこなし方は、服装も合わさって忍者感がすごかった。髪がピンクだから、西洋風忍者かな？

――カァーンッ！

「うぉわっ⁉」

……なんて考えてたら、突然、鐘の音が響き渡った。

「「「おぉぉぉぉ‼」」」

そしてすぐに、冒険者たちが声をあげて走り出す。ついに魔獣狩りが始まったらしい。

「わ、始まったよ！」

「すごーい！」

「……っ！　くっ……」

土煙《つちけむり》と地響きが起こる中で、うっすらと聞こえる声だけでも、ミュウが興奮しているのがわかった。……私のすぐ隣では、今にも飛び出しそうなウルルを、クルルが羽交《はが》い締《じ》めにして押さえているのも見えた。なんというか、いつも通りだなぁ……

「……さてと、私たちはどこ行けばいいのかな？」

私が聞くと、ミュウが答えてくれる。

「ミサキ、戦ってる間は門が開きっぱなしなの。怪我人もすぐ来られるし、そこに行けばいいんじゃないかな」

「なるほど」

門は街を守る最後の砦《とりで》って感じだしね。そんな早々に怪我人なんて出ないだろうし、とりあえず門まで行ってみよっかな。もし間違えてても、戦場は目の前だから治療の役目は果たせるはず。

「じゃあとりあえず、門まで行こう。……クルル、ウルルを押さえててね」

「……ん」

もしクルルが手を離したら……ウルルは間違いなく最前線に飛び出す。今もしがみついたクルルを引きずって歩いてるもん。危ないから心配だよ……だからクルル、頑張ってね……その手は離さないで。

――――ドォォォオンッ!!

「「「っ!?」」」

そのとき、鼓膜《こまく》が破れたんじゃないかと思うほどの爆音と同時に、ふらつくくらいの地揺れが起こった。……これがアレか、さっきリーズさんが言ってた……魔法砲撃《ほうげき》。まさかこれほどのものだなんて……まだ少し離れててよかった。

そう思いつつ、私たちは門まで来た。同じ後方担当の人がいるから、場所はここであってるっぽい。まだ怪我人はいないみたいだね……というか、後方担当の人たちがつらそうなんだけど。怪我人を探しに行って、爆発音を近くで聞いたのかな？　ほんと、離れててよかったよ……

　あとはもう、少なくなった魔獣を退治するだけだし、私たちの出番はないんじゃ……

「……んー、なにか……おかしい？」

……と、辺りの様子を窺《うかが》っていたミュウが、首を傾げながら呟いた。

「うん？　ミュウ、どうかしたの？」

「魔獣が多すぎる……ような。さっきの爆発なら、相当な威力があったはず。なのに……ほら、まだあんなにいる」

「……うわ」

　ミュウに言われて門の外を見ると、そこには確かにたくさんの魔獣がいた。戦闘の音はあまり聞こえないくらい私たちから距離があるのに、ここからでもわかるくらい魔獣の数は多い。しかも……

「……近づいてきてない？」

「ん、押されてる。まだ、怪我は、してない？　けど」

　クルルも同じことを思ったらしく、ウルルを押さえ込みながら、バッグの中から単眼鏡を取り出して遠くを見てた。いつの間にそんな技を……とか、そんなの持ってたんだ……ってツッコミは置いといて、ちょっと今の状況はまずいのかもしれない。私たちにできることがあるなら、どうにかしないと。

……そのためには……っと、まずは確認。

「ウルル、冒険者が戦ってる強そうな魔獣……倒せる？」

でっかいイノシシを叩き潰せるウルルなら、多少大きな魔獣だって平気だとは思うけど……念のため、ね。

「もっちろーん！」

ウルルは期待通り、元気に返事した。

「うん……なら、冒険者が戦ってる奴だけ倒してきて」

「え？　いいのー⁉」

ウルルを解き放つにしても……今回の魔獣は、私たちが見てきた魔獣とは比べものにならないくらい強そうだった。

「自分一人で戦っちゃダメだからね」

いくらウルルが強くても、実際の戦闘経験はあまりない。そんな状態で、一人で魔獣と戦うのは無茶がすぎる。……でも、他の冒険者の援護なら？　既《すで》に傷ついて、別の人に気をとられてる魔獣なら？　きっとウルルの敵じゃない。この状況を打破する一手にはもってこい……じゃないかな？

「りょーかーい！」

ちゃんと頷いたのを確認したあと、私はウルルに魔法を施《ほどこ》した。

「【シールド】……クルル、ウルルを離していいよ」

「ん」

「いっくよー!!」

クルルが拘束を解いた途端、すさまじい速度でウルルは走っていった。身体能力どうなってるんだろう……

「……速いね。大丈夫かな？」

ウルルの爆走に苦笑いのミュウ。そんなミュウに、私は話しかけた。

「無理はしてほしくないけどね……で、ミュウにも頼みたいことがあるんだけど」

「へ？」

私の作戦には、ミュウも必要なんだよね。せっかくなら、徹底的にやっちゃおう……ってね。

「あの状態のウルルが、他の冒険者の援護だけで満足するとは思わないでしょ？」

「ミュウにはね、ウルルを人がいるところに誘導してもらいたいの」

……待てを解かれたウルルが、弱った魔獣を倒すだけで止まるはずがない。下手すると、目についた魔獣全部に向かっていくかもしれない。それはさすがに危険。だから、それをコントロールできる人が必要になる。

「誘導……？」

「そ。前に魔獣の群れと戦ったときもだけど、ウルルはちゃんと指示は聞くんだよね。ウルルを解き放ったのは私だし、私が行くのが普通なんだろうけど……」

「ミサキも、私も、足が、遅い……」

……そういうこと。クルルが気がついたように、普段後衛として動く私たちは、前衛ほど素早《すばや》くない。さらにクルルは大荷物だし、私に至ってはスタミナがない。

「そういうわけで、ミュウに頼るしかないかなぁ……と。ごめんね、ミュウ」

「ううん。そういうことなら、わたしがやるよ！　ウルルに無茶してほしくないもん」

「ありがとう」

押しつけた感じになっちゃったけど、ミュウは快《こころよ》く受けてくれた。

「う、うん」

「じゃあ、行ってくるね」

「行ってらっしゃい」

ミュウも前線に駆けていった。暴走するウルルの速度についていくのは大変だろうけど……よろしく、ミュウ。

……さて、ここからが私の出番だよ。私だけのんびりしてるわけにはいかないし。

「ミサキ、私は、どうする？」

「もちろん、クルルにもお願いがあるよ。私と一緒にオルカさんのところに来てほしいんだけど……」

そのためには、まずはオルカさんを探さなきゃ……うん？　そういえば、クルルは単眼鏡持ってたっけ。

「クルル、オルカさん探せる？」

「ん、任せて」

見た目を知ってるオルカさんなら、クルルは見つけられるはず……

「……いた。あそこ」

「早っ⁉　もう見つけたの⁉」

マジですか。十秒くらいしか経ってないんだけど……さすがクルル、と言うべきかな？

クルルが指したのは門の外を出た右側、割と後ろのほう。指揮者として皆に指示を出さなきゃならないから、前線から少し下がってるのかもしれない。

「よし、行こう……クルル、爆弾準備しといて」

「ん、了解」

ここから先は、魔獣がいる戦場。なにが起こるかわからないし、持ってるものは使わないとね。

「「「「うおぉぉぉっ‼」」」」

「「グオォォ‼」」

クルルと一緒に門の外に出ると、冒険者と魔獣の戦う声が、大きく聞こえるようになった。すぐ近くで魔獣が倒れて、土煙《つちけむり》をあげる。かと思えば、新しい魔獣が冒険者に襲いかかった。まさに激戦。

オルカさんのところへ走る私たちにも、魔獣が襲いかかってくる。巨大な魔獣が来たらさすがにつらいけど、こういう小さい奴なら……私の魔法でどうにかなる！

「【ライトショット】！」

角が生えたウサギを、断末魔の叫びすら上げさせずに倒した。……ちょっとオーバーキルな気がするけど、生き残らせるよりはマシ、だよね？　一瞬で終わるならそれでいい。

次に出くわしたのは、群れで行動するオオカミみたいな魔獣。さすがに多すぎて、私の魔法じゃ倒しきれないんだけど……

「む……クルル、お願い！」

「ん、任せて」

数に制限はあるけど、クルルの爆弾……〔爆発水薬《バーストオイル》〕の威力は超高い。しかもクルルの爆弾の威力はこの間よりさらに上がったのです。たとえ群れで出てきても、直径十メートルの爆発からは逃れられない。

……私は一人じゃない。

そんな遭遇戦を何度か繰り返して、ようやく私たちはオルカさんのもとにたどり着いた。

オルカさんはイノシシ……ラージボアに苦戦してるみたい。よーし！

「【ライトショット】！」

私の放った【ライトショット】が直撃し、ラージボアが吹っ飛んでいく。オルカさんと話したいから、ちょっと退場してもらった。

「オルカさん！」

「んあ？　一体なにが……？　ってミサキ!?」

振り向いたオルカさんが驚愕《きょうがく》の表情を浮かべたけど、今はそれを気にしてはいられない。

「ちょっといいですか？」

「あ、ああ。なんだい？」

オルカさんはさすが指揮官というべきか、声をかけたらすぐに正気に戻ったみたい。

「私たちも戦います。策があるので、何人か、動ける人を集めてもらえませんか？」

「……あいよ、任せな！　アタシのパーティーのメンバーを呼ぶよ。リーズ！　セルカ！　ネーレ！」

オルカさんは少しだけ考え込んでいたけれど、なんというか……私の覚悟を感じとってくれたらしい。すぐに大きく頷いてくれた。

オルカさんの声に集まったのは三人の女性。そのうちの一人は、私も知ってるリーズさん。あとの二人は初めて会った。

「ミサキ、これでいいかい？」

「はい！　ありがとうございます！」

……この人たちには、私が考えた作戦の中核になってもらう。今も溢《あふ》れる魔獣を、手っとり早く倒すための作戦。単純で、でも私だけじゃ難しい方法でなんとかする。

「クルル、〔爆発水薬《バーストオイル》〕を作れるだけ作って」

「ん。わかった」

「それで、皆さんには、クルルが作った爆弾をばら撒《ま》いてほしいんです」

……そう。クルルの作った爆弾を、魔獣に向かって投げまくる。こんな作戦だけどね。

「……ばら撒《ま》く？　適当にか？」

……説明を端折《はしょ》りすぎたかな。今ツッコミを入れたのは、くすんだ銀髪をショートカットにしたセルカさん。杖を持ってるってことは、多分、魔法を使って戦う後衛職。

私は、セルカさんに向かって首を横に振る。

「いえ。まずは魔獣の数を減らしたいので、まだ冒険者が戦ってない、小さい奴を狙ってほしいんです。今、ウルル……私たちの仲間に大きい奴を叩いてもらってます」

「なるほど……連戦と奇襲の負担を減らすのか」

「はい」

爆弾が効きにくい大きい魔獣は、他の冒険者が優先的に戦ってるし、ウルルにもそういう奴を狙わせている。だから、私たちがノーマークの小型魔獣を倒せば……冒険者の負担は大きく減る。

「でもぉ～、その爆弾って強いのぉ～？　魔獣に効かなかったら意味ないよぉ～」

疑問を口にしたのは、緩く波打つ金髪のネーレさん。桃色の垂れ目とおっとりした動作を見る限り、はっきり言うと、ちょっと弱そう。

でも、見た目じゃわからないよね。ネーレさんも杖を持っているから、魔法使いみたい。そんなネーレさんに私は言った。

「……ご心配なく。ちょっと驚く……いえ、引くくらい強いです」

「そ、そぉ？」

……まぁ、ネーレさんの疑問はもっともだけどね。でもクルルの爆弾は洒落《しゃれ》にならないくらい強い。小さい魔獣なら、痕跡すら残さずに消し飛ばせるし。

「つまりウチらは、その爆弾を持ってあちこち行って、邪魔な魔獣を掃除する……ってことっすか？」

「まぁ、そういうことです」

「ふんふん……雑っすけど、理には適《かな》ってるっすね」

……リーズさん、雑でごめんなさい……でも適当に考えたわけじゃないからね？

ちゃんと考えたよ？

チラリとオルカさんを窺《うかが》うと、大きく頷いてくれた。

「よし、聞いたねアンタたち。その作戦でいくよ！」

「「「おぅっ」」」

……やった！　オルカさんの承認ももらえた。これで、今の状況が多少はマシになるといいなぁ。

「で、ミサキはどうするんだい？」

そうだ、私の役割をまだ話してなかった。首を傾げるオルカさんに答える。

「回復魔法が使えますし、動き回りつつ治療しようかな、と」

ぶっちゃけ、門のところにいる後方担当の人たちだけでは、この広ーい戦場を全てカバーするのは無理。私は攻撃魔法も使えるし、歩き回って直接治療したほうが、皆楽だよね。

「……よし、それでいこう」

「はい！」

あまり……というか無理をするつもりはないけど、怪我人を放置するわけにはいかないよね。やれることはやらないと。

すると、黙々と爆弾を作っていたクルルの手が止まった。

「……できた」

「ようし！　作戦開始！」

「「おぉっ！」」

クルルが大量生産した爆弾を手に、走り出すオルカさんたち。さぁ、作戦はうまくいくかな？

……さて、私も行きますか。と、その前に……

「クルルはどうする？　一人だと危ないよね」

「ん、大丈夫。人の、近くに、いるから」

クルルは爆弾の補充をしなきゃならないからあまり大きく動けない。その辺を全く考えてなかったんだけど……クルルは自分で対策を考えてたっぽい。うーん……大丈夫、かな？

「そう？　無理はしないでね」

「それは、ミサキも。怪我、しないで、ね？」

「……うん、ありがとう」

もちろんそんな簡単にやられてたまるか、ってね。皆に心配かけたくないし、ここは「いのちだいじに」でいこう。

クルルと別れて、私は戦場に突っ込む。

――――ドォォォォンッ。

――――ドドォォォォンッ。

「やってるなぁ……」

私が走り始めると同時に、あちこちから爆発音が響いてきた。聞き覚えのありすぎるその音は、オルカさんたちが持っていった〔爆発水薬《バーストオイル》〕が炸裂《さくれつ》している証拠。

しばらくは、とりあえず目についた冒険者に【ヒール】をかけながら走る。よく考えたら、私は誰がどの程度怪我をしてるのか見極められない。だからもう、全員にかけちゃえばいいや……って思いました、はい。今治した男性も怪我をしていたかどうか……

「グギョォオオッ!!」

「むっ!?」

やたらうるさい二足歩行のトカゲ魔獣が現れた。……全く、考え事をしてる暇もない。

「【ライトショット】！」

「ギャァアア!?」

私一人でも正面からなら余裕で対処できる。……でもちょっと浅かったかな。トカゲはのたうち回ってるけど、まだ生きてる。

「……もう一回……」

「いや、十分だ！　ありがとう！」

もう一回魔法を撃《う》とうとしたら、さっき【ヒール】をかけた男性冒険者が、トカゲを倒した。動き回るトカゲの短い首を、正確に斬れるとは……さすが前衛職、かな。

「いい援護だ。助かった」

「いえ。役に立てたのなら、なによりです」

男性冒険者は笑顔で走り去った。疲れた様子もないし、きっちり回復できているようでよかった。うん……この調子で頑張ろう。と思った、そのとき。

――――チリッ……

「うん？　なに今の……」

一瞬、こめかみの辺りに鋭い痛みが走った。針でつつかれたみたいな、ほんの小さな痛み。だけどものすごく気になる、不思議な感覚。

私が謎の頭痛に悩まされている間に、なぜか、あれだけいた魔獣が一斉に逃げていった。小さな魔獣に至っては、その場で大きな魔獣に踏まれて倒れる始末。

「……は？」

近くの冒険者も、あまりの出来事にポカンとしている。……なに？　なにが起こってるの、これ。

「ミサキ、平気かい？」

呆然としていると、オルカさんが駆け寄ってきてくれた。リーズさんや、他の仲間たちも一緒にいる。

「あ、オルカさん。……なにが起こってるんですか？」

「わからない。でもどーにも嫌な予感がする。ひとまず門の近くまで退《ひ》くよ」

皆、この状況に戸惑いを隠せないみたい。

さっきまでの激戦が嘘のように、静まり返った戦場。

門の近くに集まった冒険者たちの中に、これを説明できる人はいないらしい。わずかなざわめきが、不安と戸惑いを含んでいる。

「ミサキ、大丈夫だった？」

離れたミュウと合流する。少し煤《すす》けたミュウは、ぐったりしたウルルの肩を支えながら、心配そうに私に尋ねる。

「ミュウ……うん、私は大丈夫。ミュウたちは？」

「わたしは無傷だよ。ウルルがちょっと疲れてるけど……」

「そっか。……まぁあれだけ動けば、そりゃ疲れるよね……」

ウルルはすっかり電池が切れたように静か……それでも怪我はしてないというから、驚き。

ホッとした途端、さっきのチリリッという痛みが、また私のこめかみの辺りで弾けた。

「うん？　……まだ……」

「？　どうかしたの？」

「ん、いや……大丈夫」

……さっきよりも強いなぁ、この痛み。なんなのか気にはなるけど、ミュウに心配かけたくないしなぁ……我慢できないわけじゃないし……今は気にしなくていいか。

……それからしばらく経って、怪我人の治療や魔獣の解体なんかをしていると。

「……ふん、魔獣なんぞ口ほどにもない」

「あー暇だ……」

……すっかり忘れていた人たちが南門にやってきた。賢者のササキ？　さんと、武……なんとかのコンドウ？　さん。ヤバい、名前をよく覚えてない。……多分、そんな感じだったと思うけど。偉ぶった態度だけが記憶に残ってるなぁ……

……うん？　あれ？　肝心の勇者がいない？　三点セットみたいに行動してたから、てっきり一緒にいるものだと思ってたんだけど……

「うお！　また魔獣が来たぞ！」

「マジかよ！　おい、魔法の準備急げ！」

……勇者のことを考えている場合じゃなさそう。門の外側にいた冒険者が、声を張り上げて魔獣の襲撃を伝える。一気に中は騒がしくなった。冒険者が慌《あわ》ただしく魔獣を迎え撃《う》つ準備をする。

するとオルカさんが私たちのところに来た。

「ミサキ、アタシらと一緒に来な。アンタの考える作戦は結構いいからね」

「は、はい。お役に立てるかはわかりませんが……」

「それでも構わないよ。どのみちヒーラーは必要だからねぇ。……あぁ、もちろん仲間も一緒でいい」

同行してくれ……って、私みたいなのでいいのかなぁ……ミュウたちも一緒でいいのはありがたいけれども。さっきのアレで、過度な期待をかけられてないといいけどね。……なんて考えてたその瞬間。

――――チリッ！

「く……ぅ……」

……なにこれ。頭に焼けるような痛みが走る。今までとはまるで違う……内側から押されるような、そんな痛みになった。

「ミサキ？　どうしたの!?」

ミュウの声が遠い……

「……いっ……たぁ……」

「どうしたんだいミサキ？　大丈夫かい？」

……ちょっと大丈夫じゃないです。オルカさんが、皆が心配してるのはわかるんだけど……視界がぼやけてうまく立てない。頭がガンガンする……

――パチンッ！

……と、なにかが弾けるような音がしたと思ったら……頭の痛みは嘘のように消えた。

「……あれ？」

ぼやけた視界も、足のふらつきも……まるで最初から、なにもなかったみたいに。

「ミ、ミサキ……？　その、大丈夫……なの？」

「……うん。なんだったんだろう今の……」

ミュウも不思議なものを見たような顔になってる。まぁ、目の前で人がいきなり苦しみ出してすぐにケロリとしたら、そうなるよね。当事者の私が一番わかってないんだし。……って思ってたら……

「うぉわっ!?　……ステータス？」

……おっと？　なぜか開いた覚えのないステータスが出てきた。詠唱《えいしょう》しなくても勝手に出てくるものなの？　いきなりだと驚くから、やめてほしいんだけど……まぁ……

せっかく出たんなら見ようか。

ミサキ・キサラギ　十八歳
Lv：30
職業：——
スキル：〈言語共通化〉、〈癒心《ゆしん》〉、〈聖者の砦《とりで》〉、〈極光《きょっこう》〉、〈統率〉

「……ちょっと待ってぇー‼」

「わっ⁉　なにどうしたのミサキ⁉」

おかしい！　いろいろおかしい！　私は今、ミュウの驚いた声も耳に入らないくらい混乱している。思わず全力でツッコミを入れちゃったよ！

まず職業、なんでコレ消えてるの？　村人って、あんなにはっきり出てたでしょ！

いきなり無職になっちゃってるんですけど⁉

そしてスキル！　今までのスキルが欠片《かけら》も見当たらない⁉　自分のステータスなのに、まさかの初見状態⁉　なにこれおかしくなったの？

レベルも！　さすがに上がりすぎじゃない⁉

「え？　なに、そんなことあるの？　あれ？」

もうなにがなんだか……ステータスを開いたまま百面相《ひゃくめんそう》する私に、近くでなにやら考えていたオルカさんが声をかける。

「ミサキ、もしかしてアンタ、スキルと職業が変わったんじゃないかい？」

「は、はい。オルカさん……これ、どういうことか知ってるんですか？」

私に起きたことをドンピシャで言い当てたオルカさん。正確には、職業は変わったんじゃなくて消えたんだけどね。もしかして、オルカさんはこの現象を知ってるのかな？

「やっぱりね。でもそれなら、焦《あせ》る必要はないよ」

「……へ？」

オルカさんは、納得した！　って顔で、そんなことを言った。焦《あせ》る必要がないとは一体どういう……

「今、ミサキに起こったのは『昇華《しょうか》』っつー現象だよ。アタシも昔やったねぇ」

「しょ、昇華《しょうか》……？」

なにそれ初耳……あっ、ミュウは？　ご両親に聞いてないかな？　チラッと様子を窺《うかが》ってみたけど……うーんダメか、知らないっぽい。頭の上に疑問符がいっぱい出てる……

「『昇華《しょうか》』ってのは……簡単に言うと本来の力が出せるようになる、ってモンさ……アタシもどうして起こるのかって詳しい理由は知らないけどね。制限がかかってた能力が、あるときいきなり使えるようになる。んで、その反動で頭痛が起こってしばらく動けなくなる……のさ」

「本来の力……」

……えーと、つまりなに？　私、実質進化したってこと？　じゃあこのステータスが本当の私の能力？　オルカさんの話だと、そういうことだよね。

オルカさんは再び戦闘が始まった門の外を見て、腕を回しながら、今度はここにいる全員に語りかけた。

「ステータスがいきなり変わると、当然すぐには戦えないね。特に、ミサキみたいにスキルに頼って戦う奴なんかは。ミサキがスキルチェックしてる間は無防備だよ」

……あーそうだった。確認しないとスキルってまともに使えないんだっけ。じゃあ私、しばらくはお荷物決定じゃん……

「まぁ、ウチらがやることは変わんないっすね」

リーズさんがそう言うと、オルカさんはニヤリとして頷いた。

「そうさ。魔獣を残らず叩きのめす……それだけだね」

途端、オルカさんのまとう雰囲気が、獰猛《どうもう》な肉食獣みたいになった……あくまでイメージだけど。リーズさんも、目つきを鋭いものに変えてる。これが……ベテランの空気、気迫。

「ウルル、だったね？　さっきの見てたよ。まだやれるかい？」

そのオルカさんの言葉に、ぐったりしていたはずのウルルが、ピョンッと飛び起きる。

「とーぜん！　まだまだいけるよー！」

「よし。ならアンタも来な……魔獣をぶっ飛ばすよ」

「やったー！　まーかして！」

ウルルはギラギラしたオルカさんにも臆《おく》することなく返事してる……いや、戦いたいだけだなアレは。ウルルというバーサーカーは止まらない、止められない。

「クルル、爆弾はまだ作れるかい？」

オルカさんが尋ねると、クルルが頷いた。……ってクルル、いつの間に近くにいたの。

「ん、余裕……です」

ほんと、クルルが持ってきた爆弾の材料ってどれだけあるんだろう。さっきも散々使ったはずなのにね。

「よし。さっきと同じようにいくよ」

さっきの……ってことは、また爆弾掃討《そうとう》作戦か。オルカさんはさらにテキパキ指示を出していく。

「アタシ、セルカ、ネーレでクルルの護衛とザコ魔獣の殲滅《せんめつ》。リーズはウルルについて大型の撃破……邪魔になる奴だけでいい。ミュウはミサキについてな」

「わかった」

「は～い」

「了解っす」

「は、はい！」

……おー、完璧な指揮。なんかオルカさんのパーティーと、私のパーティーが合体したみたいな……まぁ、ベテランの指示を仰《あお》げるのはありがたいね。

「ミサキはステータスの確認。スキルは大きく変わる……っても、その本質は変わらない。アンタの回復魔法には期待してるからね」

「はい」

なるほど、基本的に私には回復系の力があるのか……本質は変わらない、ね。これだけ期待されてるなら、スキルの確認も手早くしっかりやらないと。手抜き、ダメ、絶対。

「ようし！　作戦開始！」

「「「おぉー！」」」

「やったんぞー！」

　オルカさんのパーティーとコートン姉妹が走り出す。オルカさんたちはクルルに合わせて走ってる中、ウルルは一人で先を走ってて、その速度は相変わらず飛び抜けている。けど、リーズさんはウルルにぴったりと追従してる。すご……しかも、多分あの人、全力は出してない……

「……っと、スキル確認しないと」

　いけないいけない。気をとられてた。

「ミサキは集中してていいよ。わたしが守るから」

「うん、ありがとう」

　うーん……頼もしいねミュウ。……さて、私もしっかりしないとね。ステータスはさっきからずっと開きっぱなし。一つ一つ見ていこう。

〈言語共通化〉……人の話す言語の共通理解。書くことも可能。

　……変わったのは名前だけかな？　〈言語適正（人）〉との違いは今のところわからない。

　さぁどんどんいくよ！　新しいスキルがたくさんあるんだからね。

〈癒心《ゆしん》〉……癒《いや》しの心の力。傷を癒《いや》し毒を浄化する。
【ティアードロップ】【ヒール】
【ハイ・ヒール】【エリア・ヒール】【リジェネ】【キュア】【ピュリフィ】

……ずいぶん増えたね……回復系の魔法がたくさん。いまいち効果のわからない魔法もあるけど、今まで使っていた【ヒール】もある。とりあえず使い勝手がわからなくて困る、なんてことはなさそうでよかった。【エリア・ヒール】は多分範囲が広い……のかな？

〈聖者の砦《とりで》〉……聖者、聖女が持つ、大いなる守りの力。防御系能力に特化。
【サンクチュアリ】【シールド】【インドゥレイ】【リフレクト】

……イヤーな予感がするスキルだね、コレ。聖女が持つ……って辺りが特に。どんなヤバい魔法だよって感じがする。見たことない魔法が二つほどあるし、確実に効果がわかるのは【シールド】一択。ちゃんと魔法を調べないといけないなぁ……
うん、次！

〈極光《きょっこう》〉……光属性系魔法。攻撃、支援能力がある。【フォトンレイ】【ライトチェイン】【オーロラ】【オーブ】【エミスト】

うーん……全部初見でよくわからない。【オーロラ】って魔法なの？　これも、使ってみないとなんとも言えないかな。どれが攻撃系で、どれが支援系なのかさっぱり。

わかるまで封印！　ハイ次！

〈統率〉……指揮能力が向上。他のスキル能力が上昇し、仲間にも効果がある。

……これ、常時発動？　ぶっちゃけ、指揮能力云々《うんぬん》はわからないけど、それ以外の部分がすごすぎる。これ持ってるだけで他のスキルが強くなって、かつそれが仲間にも使えるなんて……単体だとそうでもないけど、スキルの合わせ技みたいなことをすると強い。私は四つ……〈言語共通化〉は関係なさそうだから、実質三つのスキルに影響がある。強い……

「……ミュウ、想像以上だよコレ……」

レベルアップとかそんなものじゃない。まさしく進化……もう、以前の私じゃない。

「そんなに？　どんな感じなの？」

「魔法が増えてる。実際に使ってみないとわかんないから、ちょっと試すよ」

……幸い、ここに実験台はわんさかいる……もちろん、魔獣のことだよ？　人相手に攻撃しないって。まぁ回復系は実際にやってないと実感しにくいし、ちょっと怪我してもらって……じゃなくて、今は他の魔法。

「わたしも見てていい？」

「もちろん。ただ、どんな魔法かわからないから、あんまり近くにはいないでね」

撃《う》った魔法で、うっかりミュウを巻き込んだ……なんてことが起こらないようにね。

〈極光《きょっこう》〉を中心に試すつもりだし。

「うん、わかった」

「じゃ、移動しよっか」

「うん！」

さて、なにが出るかな……変なの出ないといいけど……

そして、やってきました、南門前の平原。相変わらず魔獣が溢《あふ》れて、すごいです。

「ギョエエエ!!　グギョォォッ」

「……アレかなぁ」

　また来たよ……この声、あのうるさいトカゲだ。やたらやかましいことに目をつぶれば、ドタドタ走るだけのでっかいトカゲ。動きもそんなに早くないし、練習にはもってこい。

「まず一発……【フォトンレイ】！　うわ！」

「ギョァ!?」

　杖の先から小さな魔法陣が現れて、その方向に光線が出る。でも、軌道《きどう》がずれてトカゲに躱《かわ》されてしまった。くっ……反復横跳びみたいな動きをしてる、トカゲがムカつくぅ……

「もう一発！【フォトンレイ】！」

「ゲッ!?」

　……よし、今度は外さなかった。しっかりと狙いを定めればちゃんと当たる。ただ、光線自体の威力が低い……いや違う、貫通力が高すぎて、倒し切れない。光線はトカゲの体に穴を空《あ》けたけど、爆発とかはしないんだね。

「なら次！【ライトチェイン】！」

　矢印みたいなマーカーでトカゲに照準を合わせると、トカゲの足元に魔法陣が広がる。そこから鎖《くさり》が出て、雁字搦《がんじがら》めにした。光る檻《おり》のようにも見える。

「ミュウ、アレ倒せる？」

「うん！　任せて！」

「攻撃力はなし……？　ミュウ、アレ倒せる？」


ミュウの振った剣は鎖《くさり》を通り抜けてトカゲを斬る。うるさいトカゲは首を落として倒れた。この鎖《くさり》は、味方の攻撃は阻《はば》まないみたい。敵の足を止めるための魔法かな。

その直後、ミュウに向かってなにかがゴロゴロと転がってくる。

「わっ!?　なにあれ！」

ミュウは急いでその軌道《きどう》から逸《そ》れた。この魔獣は……アルマジロ？

アルマジロの大きさは私と同じくらいだけど、背中の硬い部分からトゲが生えてる。転がるときに巻き込まれたら即死かなぁ……

……他の魔法を試してみようかな。攻撃されても直線の軌道《きどう》なら躱《かわ》せる。

「しっかり見てれば大丈夫。……【オーロラ】！」

……？　……なんだろうコレ。黄緑色の、まさしくオーロラっぽいものが、少し離れたところから私を囲んだ。触《さわ》ってみても全く痛くないし、そもそも触《ふ》れた感じがしない。

「……来るよ、ミサキ！」

「う、うん！」

ミュウの声にハッとすると、アルマジロが転がる準備をしていた。その姿は、運動会で見た大玉転がしのボールのよう。トゲトゲだから凶悪だけど。

アルマジロは私に向かって一直線に転がってきたけれど、【オーロラ】に触《ふ》れた途端、ビタッと動きを止めた。

うん？　いや、ちょっとずつ動いてるから、完全に停止したわけじゃないね。

「固まったね……」

ミュウがなんともいえない顔で呟いたので、私も苦笑いしながら頷く。

「動きを遅くする魔法……かな？」

「なんだか地味だけど……」

……ミュウの言う通り地味ではあるけど、その辺は使い方次第でどうにでもなる。意外と便利かもしれない。さっきのムカつくトカゲにも使えそう。

「ねぇねぇミサキ、次は？　わたしじゃあれ、硬すぎて斬れないよ」

「あー確かに。ちょっと待っててね」

アルマジロの動きが超遅くなったとはいえ、その姿はトゲつきの巨大なボール。ミュウの剣では斬るのは難しいはず。まぁせっかく動かなくなってるし、私の練習に付き合ってもらおうかな。

「……じゃあ次、【オーブ】！」

出てきたのは、バスケットボールくらいの大きさの光る玉。杖の上をふよふよ飛んでる。

「？　これだけ？」

ミュウは首を傾げてる。

「うーん……あ、動かせるよ」

距離とか軌道《きどう》とか、頭で想像した通りに動かせるみたい。『頭の上で回れ！』って思ったら、光る玉は私の頭の上でふよふよ回り始めたから。これをアルマジロにぶつけてみよう。

このまままっすぐ飛んでいけ！　って杖をアルマジロに向けて振ってみたら……

「……くっついた」

「くっついたね……」

光る玉は丸まっているアルマジロの背中？　にピッタリくっついた。なんだろうコレ……爆発するでもなく、消えるでもなく。……ちょっと意味がわからないから、とりあえずこれは保留。

【エミスト】も使ってみたけど、【ライト】とほぼ同じ、杖の先が光る魔法だった。

ということで、アルマジロは、きっちり【フォトンレイ】で倒す。

さて、攻撃性の魔法はわかったし、あとはオルカさんと合流して残りを試そう。魔獣の数はちょっと見ないうちにだいぶ減ってる。死体はあちこちに転がってるけど……あとで回収とかするのかな？　放置、ってことはないだろうし……

……と、視界に気になるものが映った。というか、やたら目立った。

「……うん？　あれって……」

私が思わず呟くと、ミュウもそちらへ視線を向ける。

「え？　あ、勇者様？」

そう、私の前方に、勇者の姿を見つけた。名前で呼ばないのは、単純に忘れただけなんだけど……まぁそれは置いといて。

「……押されてない？」

私の言葉に、ミュウも頷いてる。

「んー……押されてるね……」

勇者君はラージボアと戦ってるんだけど……どうも様子がおかしい。じりじりと間合いをはかるように移動してるのに、その距離が遠すぎる。多分あれじゃ、踏み込んでも魔獣に剣は当たらないんじゃないかな。しかも、ラージボアの突進を避《よ》けるのが遅い。

あ……ちょっと鎧《よろい》を掠《かす》めた。

まずそもそも、腰が引けてるように見えるのは私だけかなぁ……勇者君、大丈夫かな。

「うーん……ほっといてもいいんだけど……」

「助ける？」

ミュウが複雑な表情を浮かべながら聞いてくる。まさか勇者が、助けなければいけないくらい弱いなんて、思ってもみないよね。

「……一応ね。やられちゃったら意味ないし」

といっても、ラージボアなんて、ウルルなら片手間で叩き潰してくる程度だよ。私だって、魔法が当たればちゃんと倒せる。……まぁ、しょうがないからやりましょうか。

「【ライトチェイン】！」

いきなり攻撃すると勇者君まで巻き込みそうだから、ラージボアの動きを止めた。さすがに止まった相手から距離をとる必要はないから、ここまですれば自分で倒してくれるだろうし……

「!!」

って、勇者君、なにをそんなに驚いた顔をしてるの？

「あんたは……」

勇者君はなにか言ってるけど、今は魔獣倒さないと。

「いいからいいから。早く止《とど》め刺さないと」

「…………」

……えーっと、勇者君。なぜそこから動かないんです？　ラージボア、もう動けないけど。見るべきは私じゃなくて、向こうのイノシシじゃないかな。そんなに凝視《ぎょうし》されても困るんだけど。……うーん、ダメか……動かないね。

「……はぁ。ミュウ、あっちお願いしていい？」

「うん！　任せて！」

動けないラージボアはミュウに任せよう。勇者君が視線を外してくれないし、ちょうどいいから少し話が聞きたい。魔獣もほとんどいないしね。

「……」

無言を貫《つらぬ》く勇者君。私だってため息出るよ。

「……なにか喋ってくれないと、私もつらいんだけど」

ただ見られてるだけ、っていうのもなんか疲れる。……なんともいえない気まずい空気が辺りを満たした。

――ドォォオオンッ。

「うおッ!?」

そんな空気を吹き飛ばすように、大きな音を立てて爆発が起こる。勇者君は驚いてたけど……もう私は聞き慣れた。

そして、その爆発で起きた砂煙《すなけむり》から出てきたのは。

「ミサキー、やっほー」

「ずいぶんスキルチェックに時間がかかったねぇ。もうあらかた片づいちまったよ」

ハルバードを振り回すウルルと、〔爆発水薬《バーストオイル》〕をお手玉みたいにして遊ぶオルカさんだった。その後ろには、ウルルについていったリーズさんと、オルカさんについていったクルル、セルカさん、ネーレさんがいた。

「ごめんなさい……ちょっといろいろあって……」

「いいさいいさ。大した手間じゃなかったからね」

私が謝ると、オルカさんは首を横に振った。……オルカさんは大した手間じゃないって言うけど、大量の魔獣と戦うのはちょっと面倒だと思うよ、私は。

「んー……皆集まってる……」

「あ、ミュウ。お疲れさま」

そこへ、ラージボアを始末していたミュウも戻ってきた。ついでに他の魔獣も倒してきたのかな？　結構時間がかかってたみたいだし。

皆が合流したところで、オルカさんは私の後ろに立っていた勇者君に鋭い視線を向ける。

「……で、そこの勇者様はこんなところで、なにをしてらっしゃるんですかねぇ？」

「いやオルカ、言い方言い方」

……それはもうイヤミたっぷりに話しかけるオルカさんを、セルカさんが漫才のようにぺしっと叩いてツッコむ。

オルカさんの問いかけに、勇者君は苦ーい顔で答えた。

「……魔獣の、討伐をしていた」

「討伐ぅ？　さっきの見てたよ。ミサキとミュウに助けられてたじゃないか」

「……っ!?」

……見られてたんだ、さっきの。どこに目があるかわからないよね……まさか見られてると思わなかったのか、勇者君が息をのんだ。

「だいたいなんで勇者たちが参加して、冒険者の数も多い《魔獣暴走《スタンピード》》で、こんなに魔獣が溢《あふ》れるんだい？　アンタたちはちゃんと戦ったんだろうね？」

「戦った。邪魔がなければさっきのも倒していた」

「ふぅん……」

……邪魔って……私たちが助けなければ、勇者君、かなり危なかったと思うけど……オルカさんの追及は続く。なんとなーく私も思った。わざわざ異世界から召喚するくらいなら、現地の強い人を勇者にすればいいんじゃない？ってね。そうしないってことは、召喚された勇者には、それなりの強さがあるってことでしょ。

オルカさんたちだって相当強いけど、魔人には対抗できないんだよね、きっと。だから、それを倒せる勇者って……相当強いはずなんだよね。でも正直、この勇者君がそんなに強いように思えない……

私が考えているとオルカさんが頷いてこぶしを握り締めていた。

「よし、いいかい勇者」

「は？」

「避《よ》けろ」

……ん？　なんか今不穏な言葉が……って、オルカさんが腕を振りかぶってる!?

ちょっと待って、まさか……!?

――ゴガンッ!!

「がっ……!?」

うわぁぁやっぱり殴ったぁ!?　人の体からしちゃいけないような音がして、勇者君がいないって！

飛ぶ。鎧《よろい》ごと人を吹っ飛ばしたオルカさんも異常だけど、あんな飛び方して平気な人は

「……死んだか？」

セルカさんが、深刻そうな顔でオルカさんに尋ねる。

「鎧《よろい》があっただろう。それなら死んでない」

……ボロクズのように地面に転がって、動かない勇者君。衝撃で鎧《よろい》は砕《くだ》け散ってた。

ねぇ待って、本当に死んでないよね？　手加減したんだよね、オルカさん!?　死んでないなら回復できる……はず！　……でも、勇者君がピクリとも……動いた!?　まだ生きてる！

「【ハイ・ヒール】！」

初めての上位回復は、死にかけの勇者に使いました。ちょっと洒落《しゃれ》にならない状況なんだけど。

「……ぐふっ……」

淡《あわ》い黄色の光に包まれたあと、勇者君が咳《せ》き込む。

「あ、生き返った。まだヤバそうだけどな」

大丈夫、勇者君はまだ死んでないですよ、セルカさん……

「ボロボロねぇ。ミサキちゃんの魔法じゃなかったらぁ、危なかったんじゃな～い？」

ネーレさんはオルカさんを問い詰めてる。……オルカさん、ホントに手加減なしでやった、とか言わないよね？

「……まぁ生きてるならいいじゃないか」

「オルカさぁん!?」

なんで、そんないたたまれない空気出してるんですかっ！　フイッて目逸《そ》らしたよ、この人。うっかりで済ませられるレベル超えてますよ……

「あ……俺は、なにを……」

やっと回復魔法が効いたみたいで、勇者君が起き上がる。

「……さてと、勇者も目を覚ましたし、質問でもさせてもらおうかねぇ」

「誤魔化《ごまか》したな」

オルカさんは、さっきのアレをなかったことにするつもりかな？　セルカさんがやれやれって感じで首を横に振った。回復魔法がなければ普通にアウトだったよね。……っと。オルカさんの前に、私が聞きたいことがある。

「……その質問って、私がしてもいいですか？」

「構わないけど、なにか聞きたいのかい？」

「はい」

いろいろと聞きたいことがあるからね。私が勇者君のほうに向き直ると、勇者君は驚いたように目を丸くした。

「……あっ」

「初めまして……でもないか。一緒に召喚されたもんね。私はミサキ、如月美咲って言ったほうがいいかな？　呼ぶときはミサキでいいけど……あなたは？」

「ケ、ケン。加藤健《かとうけん》……です。は、初めまして……？」

確かに、まともに話すのはこれが初めて。勇者改めケン君は上擦《うわず》った声だったけど、ちゃんと答えてくれた。でも、なぜか視線を合わせてくれないんだけど……

「うん。で、ちょっと聞きたいことがあるんだけど」

「は、はい。ナンデショウカ？」

……なぜカタコトに……さっきの衝撃で頭打ったから？　大丈夫？　まぁ、今はそんなこと言ってる場合じゃないか。気を取り直して、私はケン君に尋ねる。

「今まで、王城でなにをしてたの？　私たちが召喚されてから半月くらい経ったけど」

「……普通にもてなされてました。ご馳走《ちそう》をふるまわれたり、装備作ってもらったり……一応、勉強とかもしてたんですけど」

「普通に、ねぇ……」

「はい……」

……それは普通とは言わないよ。日本じゃどこかの国賓《こくひん》並みの扱いだよ。私なんか、五千円で捨てられたんだよ？

「だいぶ普通がズレてる……まぁいっか、次ね」

「はい」

「今まで、魔獣と戦ったことは？」

さっきの戦い？　を見てて思ったこと。もしかして、この世界に来てから一度も戦闘を経験してないんじゃないかなって。鎧《よろい》とか剣とかに不慣れな感じがしたんだよね。

「……今日が、初めてです。さっきは偉そうな口をきいて、すみませんでした」

「「「はぁっ⁉」」」

「「えっ⁉」」

……やっぱり。ケン君の答えに、私以外の皆が一様に驚く。我関《われかん》せずって感じだったリーズさんとか、まともに聞いてなさそうだったウルルまで。

「それなのに、あんな大口を叩いてたのか……？」

「呆《あき》れたぁ。とんだ勇者がいたものねぇ～」

「さすがに驚いたっす……」

セルカさんは頭を抱えて、ネーレさんは深ーいため息とともに、リーズさんは額《ひたい》の汗を拭《ぬぐ》いながら言った。

「びっくりしたぁ……そんなことあるんだ……」

「……ないと、思う、よ？」

ミュウとクルルもそんな会話をしてる。クルルも言ってるけど、歴代の勇者が全員戦えないなら、伝説っぽくはなってないと思うよ、ミュウ。今回が特別なんじゃゃ……

「あの……俺からも、いいですか？」

「うん？」

おずおずと、ケン君が手を挙げる。そんな怯《おび》えなくてもいいと思うよ……

「ミサキ……さんは、さっき魔法使いましたよね……？」

呼び捨てでもいいのに。無理に敬語を使われるの、嫌なんだよね。今はなにも言わないけど……

「え？　うん、使ったけど」

私はケン君の問いに答える。確かにさっき、私は魔法を使ったね。拘束と、治療に。

すると、ケン君は質問を重ねる。

「……魔法って、どうやって使うんですか？」

「……え？　普通にスキルで、だけど……」

「え？　スキル……え？」

「え？」

……話が噛《か》み合ってない……？　あれ？　私、なんかおかしなこと言った？　魔法ってスキルで使えるようになるんだよね？

……あ、思い当たることが一つだけ……

「……もしかして、スキルの使い方がわからないとか？」

「……はい。ステータスに、いろいろあるんですけど……」

はい、やっぱりね……街に出た直後の私と同じだよ。あのときの私は、ミュウに教えてもらってスキルを使えるようになった。でも、ずっと王城で過ごしてたケン君にはその機会がなかった、と。

「王城の誰も教えてくれなかったの？」

「……はい。勇者様、勇者様……ってついてくるばかりで」

……なんかヤだな、そんな生活。全く相手にされないのもつらいけど、ずっと付き従われるのもなぁ。あー……アレか、勇者ご一行の無駄な自信はそこからかな。お付きが増えたせいで、いつの間にか根拠もないのに、自分はすごいって思っちゃったのね。

……うん？　ちょっと待って、っていうことは……

「……ねぇ、スキルが使えないのって、ケン君だけ？」

「ケ……！　い、いや……多分ササキさんも、コンドウさんもだと思いますけど……」

ほらね……だと思ったよ。私以外の召喚者は全員王城暮らし。皆同じように扱われていたなら、スキルが使えなくてもおかしくないもん。日本人にスキルなんてもの、馴染《なじ》みがないからね。

と、そこでオルカさんがなにかに気がついたように言った。

「ちょっと待ちな。ってことはアレかい？　アンタらは全く戦えないのに、《魔獣暴走《スタンピード》》に出てきたのかい？」

……確かに。三人全員が戦えないんだとしたら、《魔獣暴走《スタンピード》》に参加するのは自殺行為じゃない……？　それとも、ここにいない二人は、きっちり戦えるの？

セルカさん、ネーレさん、リーズさんも口々になにかを思い出すように呟く。

「でも帰ってきたときは、『余裕だー』みたいなこと言ってたな、確か」

「あ～、言ってたわねぇ～。ウソついてたのぉ～？」

「残りの連中は戦える可能性もあるっすよ。実際には見てないっすけど」

確かに、偉そうなこと言ってた。あんなこと言うなら、二人は戦える可能性もあるとは思うけど……誰もその戦ってる姿を見てないんだよね……

そんな私たちの邪魔をするように、魔獣の群れが現れた。ビッグベアとかアルマジロとか……大きい魔獣のフルコース……お呼びじゃないです……

「……っと、話はここまでかねぇ」

オルカさんはそう言うと、ケン君のほうに目を遣《や》った。

「勇者、体は痛むかい？」

「いえ、全く。むしろなんか軽いです」

「それは鎧《よろい》が壊れたからだろうに……まぁいい、剣拾ってついてきな。アタシがスキルの使い方を教えてやるよ」

「は、はい！　ありがとうございます！」

オルカさんは、ケン君に戦い方を教えるらしい……吹っ飛ばした責任を感じて、なのかな？　ケン君は嬉しそうだし……まぁいっか。

「ウルル、リーズ、ミュウ。動きの速い魔獣を優先して攻撃。ただしシャウトリザードはほっといてもいい」

「「「了解（っす）！」」」

今回の前衛は三人。シャウトリザードっていうのは例のうるさいトカゲ……なのかな？　リザードっていうくらいだし。

オルカさんは、続けてセルカさんとネーレさんに言う。

「セルカ、ネーレ。魔法で魔獣の動きを制限しな。ヒュージアーチンとスパイクアルマジロには気をつけるように。トゲの発射は気合いで止めな」

「わかった」

「お～け～」

……ヒュージアーチン……アーチンはハリネズミだよね？　トゲ飛ばすんだ……スパイクアルマジロは、ミュウと一緒に戦ったアレか……トゲつきアルマジロ。いやぁ、名前覚えるの大変そう……

「ミサキは魔法、クルルは道具でサポート。爆弾は距離がある奴に限定……味方に当たったらたまったもんじゃない」

「はい」

「ん、了解」

クルルの爆弾は威力が高いからね……私も【フォトンレイ】は撃《う》たないほうがいいかも。前衛を巻き込みかねないし。

「アタシと勇者でシャウトリザードをやる。セルカ、何体か動きを鈍《にぶ》らせてくれるかい？」

「やってみるよ」

オルカさんからテキパキ出される指示。鈍《にぶ》らせるってことは……セルカさんの魔法は、敵の動きを阻害《そがい》できるのかな？　私の【オーロラ】と似てるとか？

「さぁ、戦闘開始！」

「「「「おぉおぉっ!!」」」」

急だったにもかかわらず、魔獣と接触する前に作戦が決まった。なるほど……これが指揮官の力かぁ。状況に応じて適切な判断を素早《すばや》く下す……私の〈統率〉も、これくらいできるようにしてくれたらいいのに……なんて、今はそんなの考えてる場合じゃないよね。

「【シールド】！　【リフレクト】！」

皆を守るために、私も魔法を発動する。それなりの人数はいたけど、【シールド】も【リフレクト】もちゃんと全員にかかった。皆の体を包むように発現した盾《たて》は、二つとも一瞬だけ光って見えなくなる。

……効果のわからない【リフレクト】もこっそり混ぜたけど、【シールド】に似た、盾《たて》系っぽいね。

「魔法の盾《たて》……こりゃいいや。鎧《よろい》のない勇者にはちょうどいい」

「スゲェ……」

……ケン君の鎧《よろい》を壊したのはオルカさんご自身ですよ。ケン君も、感心してないで前を見ないと。魔獣はもうそこまで来てるんだから。

「少し離れろ！【アイスフィールド】！」

セルカさんが、隊列の後ろで、杖を地面に突き立てる。すると、魔獣の足元の地面が凍《こお》った。

「「グオッ⁉」」

セルカさんの魔法の範囲内にいた魔獣……ビッグベアとかは、脚が凍《こお》りついて動けなくなってる。

「次！【フロスト】！」

続けてセルカさんが使ったのは、白い霧《きり》みたいなものを出す魔法。それが当たったシャウトリザードは、目に見えて動きが鈍《にぶ》った。

「「ギャ……ギョォ……」」

……体温を奪う魔法なのかな？　トカゲは寒くなると動きが鈍《にぶ》るっていうけど……魔獣にも効くんだ……

「さすがセルカっすね。狙いが正確っす」

「褒《ほ》めてもなにも出ないぞ。あとは任せた！」

魔獣を前にしても軽口を叩く余裕があるリーズさんとセルカさん……。セルカさんは攻撃系の魔法は持ってないのか、後ろに下がって前衛にバトンタッチする。

「了解っす！　二人とも、行くっすよ！」

「はい！」

「やったんぞー！」

リーズさんの声と同時に、ミュウとウルルが飛び出した。リーズさんは二本の剣、ウルルはハルバードを構えながら走る。……あれ？　ミュウは剣を抜いてない。大丈夫なのかな？

「ふっ！　はっ！」

リーズさんは声も上げさせずに、二頭のビッグベアを沈める。無駄のない戦い方で、体を軸《じく》にコマみたいに回転しながら、正確に一刀で首を落とす。

「うおりゃぁー!!」

……ウルルは、リーズさんとは真逆のスタイルで、真正面からハルバードを力任せに振り下ろす、パワープレイ。ウルル自身の力とリーチの長いハルバードの遠心力が合わさって、とんでもない速度と威力の攻撃になっていた。犠牲になったのはラージボア。断末魔の声すら掻《か》き消されて弾け飛んだ。明らかにオーバーキル……

「……やぁっ！」

そしてなんと、ミュウの見せた技は抜刀術だった。脚が凍《こお》ったビッグベアの頭までジャンプして、構えた剣を目にも留まらぬ速さで振り抜く。剣を鞘《さや》におさめる金属音のあとに、ビッグベアの首が胴体から離れた。

でも、前衛がどんなに頑張っても、魔獣はあちこちからやってくる。三人じゃカバーできる範囲が限られる……と思っていたら、ネーレさんが魔法を発動した。

「舞い踊れ～【ディストバタフライ】～」

ネーレさんが詠唱《えいしょう》すると、薄紫《うすむらさき》の蝶が大量に出てきた。無数の蝶が魔獣にまとわりついて、視界を遮《さえぎ》る。

「「「グォ？」」」

魔獣たちはわけもわからない様子で、前衛が戦ってるところまで誘導されている。嫌がらせみたいな魔法だけど、使い方次第ではこうもうまく使えるらしい……

「うっふふ～騙《だま》し合っちゃえ～。【ハルース】！」

ネーレさんが次に使ったのは、薄紫《うすむらさき》の光を放つ魔法。その光に当たった魔獣は、なんと同士討《う》ちを始めた。

「「「グォォォッ!?」」」

……なにあれえげつない。ネーレさんは幻覚の使い手かな？

さて、そろそろ私もなにかしないとアレだし……ちょっと遠い魔獣でも倒そうかな。

「【ライトチェイン】！」

私が狙ったのは、でっかいカメ。動きが遅いから的を絞りやすい。【ライトチェイン】で捕らえて、【フォトンレイ】で確実に仕留めようと思ってたんだけど……

「……へ？」

私はまだ魔法を撃《う》ってないのに、視線の先のカメが爆散した。……こんなとき、こういうことをするのは……

「……命中」

「クルル……狙うなら言って。焦《あせ》るから」

……やっぱりクルルだった。私が動きを止めたカメに、スリングショットを使って爆弾を撃《う》ち出したみたい。スリングショットの射程距離は結構長いらしい。あんな遠いところからでもこの威力……ホントすごいね、〔爆発水薬《バーストオイル》〕。

そんなクルルに向かって、どんどん魔獣を斬り捨てながら、オルカさんが叫ぶ。

「クルル！　ジュエルタートルの甲羅《こうら》は高く売れる！　ちょっとは残しな！」

「ん、わかった」

こんなときまでお金の話ですか、オルカさん……あのジュエルタートルっていうらしいカメは、いいお金になるっぽい。爆散したジュエルタートルを見たオルカさんは、ムンクの『叫び』みたいな顔になった。……そんなに高価なの？

「わー！　なにコイツー!?」

「ンメエエエエ!!」

と、次にウルルの悲鳴と、魔獣の鳴き声が聞こえてきた。今度はなに……

珍しく焦《あせ》った様子のウルル。そのウルルを追いかけているのは黒いヒツジ。大きく湾曲《わんきょく》した角からもこもこの体毛に至るまで全てが艶《つや》のある黒で、目だけは赤い。普通の魔獣なら、ウルルのことだからいつも通り叩き潰して終わりだと思うけど……

すると、ミユウが助太刀《すけだち》にやってくる。

「……やぁっ！」

ミユウが、走るヒツジを側面から斬りつけた。しかし、ミユウの剣はヒツジの体に刺さって抜けなくなる。

「!?　なにこれ!?」

刺さってるってことは、そこまで硬いわけじゃないんだろうけど……ミュウは剣を抜けずに、そのまま手を離した。つまり、武器をなくしてしまった。

「ラバーシープっす！　近接戦は分が悪いっす！」

ヒツジと並走するリーズさんが、この魔獣について教えてくれた。ラバーってことはゴムかな？　つまりあのヒツジは、全身がゴムでできてるのか……

だからウルルの打撃はほぼ弾かれて、ミュウの剣は衝撃が吸収されて抜けなくなったんだ。ゴムの塊《かたまり》を斬ってるようなものだもんね……

「弱点は火だが……火炎系の魔法使いはいないぞ！」

「ウチの武器も通らないっす……！」

セルカさんとリーズさんが焦《あせ》ったように話す。リーズさんの武器はリーチが短いから、毛に阻《はば》まれてヒツジの体まで届かないらしい。と、ネーレさんがハッとなにかに気がついた。

「クルルちゃんの爆弾はぁ？」

「……ダメ。衝撃、系……破裂、するだけ」

クルルの〔爆発水薬《バーストオイル》〕は、炸裂《さくれつ》により瞬間的に大きな衝撃を与えるタイプ。燃え広がることはなく、衝撃波に近いらしい。で、ゴムは衝撃に強い……と。打つ手なし……？

……うん？　ちょっと待って。確か日本にいた頃、ゴムの話をなにかで読んだ気が……

なんだっけアレ……あ！　思い出した！

ちょうどここにはセルカさんもいる！　私の記憶が間違ってなければ、この作戦はうまくいくはず！

「セルカさん！　あのヒツジを冷やしてください！」

「ひ、冷やす？　シャウトリザードと同じようにか？」

「いえ、もっとです。ガンガン冷たくしてください！」

「が、ガンガンね……」

そう……確かゴムは、ある程度まで冷やすと伸びなくなる……はず。若干顔が引き攣《つ》ってるセルカさんに、キンキンに冷やしてもらわないといけない。

「わかった、なにか策があるんだろう……少し離れてくれ」

セルカさんは戸惑っていたけど、強く頷いてくれた。

あとはもう、私の記憶とセルカさんの魔法に期待するだけだ。

「ネーレ！　魔法の威力を上げる。風を寄越《よこ》せ！」

「はいは〜い、お任せあれ〜【クロウルウィンド】！」

……ネーレさんって風も使えたんだ。セルカさんの周りに、砂とか埃《ほこり》を含んだ風が渦《うず》を巻いてる。

……私が考えた作戦だし、私も手伝わないとね。

「【ライトチェイン】！」

「メエェ!?」

ラバーシープが立ち止まった隙に、【ライトチェイン】で閉じ込める。

「いいぞ、ミサキ！【フロスト】！」

私が足止めしたラバーシープに向かって、セルカさんが魔法を放つ。

うん？　セルカさんが使った【フロスト】……さっきと微妙に違う気が……。前のは霧《きり》みたいな感じだったのに、今は吹雪《ふぶき》みたいになってる。……吹雪《ふぶき》？　ってあぁ、なるほど。ネーレさんの風魔法で強化してるんだ。そういえばさっき威力を上げるとかって言ってたっけ。

ともあれ、これで私の記憶が正しければ……ラバーシープを倒すことができる。ずっと魔法を使わなきゃいけないセルカさんには迷惑かけます……。

……で、およそ五分後……時計はないから感覚だけど。

「……そろそろいいか？」

「多分……」

セルカさんの問いかけに、私は頷く。……自信はあんまりないけど。

吹雪《ふぶき》を浴び続けたラバーシープは、全身がうっすら白くなるくらい冷えているみたい。

普通のヒツジに見えないこともない……うーん……もういいような気がするよね。

セルカさんが吹雪《ふぶき》を止めると、冷凍保存されたラバーシープが現れた。

「ふむ……アレまだ倒せてないぞ……どうする？」

「多分、大丈夫です」

セルカさんの言う通り、まだラバーシープは息をしてるっぽい。あの状態で生きてるっていうから驚きだけど、私の策がうまくいってれば問題ない……はず。

「ウルル！　アイツの首叩いて！」

「りょーかーい！」

私が頼むと、ウルルは元気よく走り出した。

……さぁどうかな？　ゴムの働きが弱くなってるなら、ウルルの攻撃はちゃんと通るはずだけど……ウルルがハルバードを振りかぶる。

「うあー!?　いったぁーい！」

「斬れたっすね……」

ウルルの悲鳴のあとに、リーズさんのホッとしたような声が聞こえる。

結果は大成功。ちゃんと弾かれずに攻撃できたみたい。……勢い余ってウルルは地面を強打しちゃったけど……

「うー……痺《しび》れるー……」

「ありがとう、ウルル。【ヒール】」

私はウルルに魔法をかけてあげる。……一体どれだけの力を込めたんだろう……ハルバードを持っていた両手が痺《しび》れるなんてね。すぐ治せるからいいけど……もうちょっと加減してもよかったんじゃないかな……

「やったじゃない、セルカぁ。倒せたわねぇ～」

ネーレさんは満面の笑みで駆け寄るけど、セルカさんは少し渋い顔。

「ああ。ただ……ちょっと面倒だな」

まぁそうだよね……ラバーシープ一体倒すのに、いったいどれだけ時間をかけるんだって話だよ。セルカさんは特に、魔法を使い続けなきゃいけないし。

「でも、よくこんなこと知ってたっすね。冷やせばラバーシープを倒せるなんて」

「あはは……まぁいろいろあって……」

私のことをキラキラした目で見つめてくるけど……いやぁ、違うんですよ、リーズさん。私が知ってたのはゴムの特性であって、ラバーシープの倒し方じゃないんです……って言うと混乱するだろうから、言わないけどね。

「さて、面倒なのも倒せたっす。残りはサクサクいくっすよ！」

「おー！」

厄介《やっかい》な魔獣がいなくなったことで、リーズさんとウルルに勢いが戻った。宣言通り、二人はサクサク魔獣を倒していく。

ミュウは……凍《こお》ったラバーシープに刺さった剣を引き抜いていた。武器をなくしたままじゃ戦えないもんね……

「んー……冷たいなぁ……」

「ごめんねミュウ、そこまで気が回らなかったよ」

「ううん、大丈夫。しばらくすれば、元に戻るから」

……ラバーシープと一緒に冷凍されたミュウの剣。ちょっと素手で触《さわ》るのは無理な気がする。ミュウには申し訳ないけど……あのときはアレしか浮かばなかった。剣が温まるまでは、ミュウは戦えないかなぁ……

「なんだい、もうラバーシープは倒しちまったのかい？」

「オルカさん！　どうしたんですか？」

そのとき、ケン君の修業をしていたはずのオルカさんが戻ってきた。ケン君も一緒にいる。

「いやなぁに、コイツのスキルが意外と優秀でねぇ。ラバーシープにはもってこいだったんだが……もう死んでるじゃないか」

「……し、死ぬかと思った……」

オルカさんのケン君の呼び方が、勇者からコイツになってる……そのケン君は青い顔でちょっと震えてるし、一体なにがあったんだろう……

そんなケン君の様子を見て、オルカさんはやれやれと頭を横に振る。

「なにも特別なことはしてないんだけどねぇ……スキルの使い方を教えて、シャウトリザードの前に放り投げただけだからねぇ」

「……俺、マジで死ぬかと思ったんですけどぉ!?　頭から食われかけたし、普通じゃねぇ……」

「実際死んでないじゃないか。ミサキの盾《たて》もあったし、結果スキルが使えたんだから、問題ないだろうにねぇ」

……この人、マジでヤバい。サラッとえげつないことを平気でやるタイプだ……戦闘初心者を、ちょっと教えただけで魔獣の前に放り出すとか……ケン君の気持ちもわかる。いきなりトラウマになってなければいいけど……って、あれ？　オルカさん今……

「ケン君。スキル、使えるようになったの？」

「え？　あ、はい。とりあえずは……ですけど」

……人って、危機に瀕《ひん》するとスキルが使えるようになるのかな……食べられかけとか、よくそんな状態でスキル出せたね。火事場のバカ力ってやつ？

「へぇ……どんなスキルなの？」

「俺のスキルは〈言語共通化〉、〈勇者の剣〉、〈熱血〉、〈光炎魔法《こうえん》〉、〈加護〉です。ほとんど炎と身体強化ですけどね……」

名前だけ聞くと、すごく強そうなんだけど……まぁ勇者だし、今までは使えなかっただけで、使えるようになればそりゃ強いか。

「あの……ミサキさんはすごく強いですけど、どんなスキルなんですか？」

召喚された者同士、それは気になるよね。私はケン君の問いに答える。

「私のスキルは〈言語共通化〉、〈癒心《ゆしん》〉、〈極光《きょっこう》〉、〈聖者の砦《とりで》〉、〈統率〉だよ。回復と防御が得意」

「……それで……ミサキさんのレベルは……」

「ちょっと待ってね……【ステータス・オープン】……37になってる」

「……オウ……マジデスカ」

ケン君がまたカタコトになっちゃった。そんなにおかしいかな……私のレベル。

「ケン君は？」

「……6です。マジか、こんなに差あるのか……」

「6⁉ 低くない？」

おおっとぉ、想像以上にすごいことになってた……普通に冒険者をしていた私はレベル37……王城で暮らしていたケン君は6……下手すると、さっきまでのオルカさんとの修業でこのレベルになった可能性も……うん？　王城で同じ環境、ってことはまさか召喚者全員コレ？

「アタシもさっき聞いて驚いたね。まさかレベル1の勇者が実在するなんてねぇ」

「レベル1……」

オルカさんの言葉にミュウが驚きの声をあげる。というか、ほんとにレベル1だとは思わなかった……

あ、ケン君が両手と膝を地面についた。がっくり、っていうのを全身で表現してる。

「……なんかもう、今朝の自分を思い切り殴り飛ばしたい気分です。なんであんなこと言ったかなぁ俺……あぁぁハズい……」

「……足引っ張るな、だっけ？」

「やめてくださいよミサキさん!? マジで恥ずかしいんですって!!」

……なんか楽しい。頭を抱えて顔を青くしたり赤くしたり……私が揚げ足をとると、真っ赤になって蹲《うずくま》るケン君。これはアレだ……黒歴史っていうの？ こういうの見るともっとイジりたくなるのって、私だけ？

「……なんだっけ、俺だけで十分……」

「あぁぁぁ!?」

「……ミサキが、見たことないような意地悪な顔してる……」

いけない、やりすぎたかな……ミュウが引いてる。それにこれ以上やると、ケン君が立ち直れないかもしれないし。このくらいで勘弁してあげよう……

「その辺にしときな、ミサキ。ケンの心はボロボロだからねぇ……」

「……ぐぅ……」

オルカさんからもストップがかかった。確かに、心に傷を残すのは私も本意じゃないし……まぁ、もうだいぶ手遅れな気もするけど。

「それよりケン、魔獣がまた増えたよ。少しは実戦を積んどきな」

「……はい」

「スキルは優秀なんだからねぇ……それを使うアンタは強くなきゃいけない」

オルカさんがケン君を立たせた。今戦ってるメンバーは、前衛がウルル、リーズさん、後衛がクルル、セルカさん……あとはサポートメインでネーレさん。前衛が極端に少ない……

「剣も溶けたし……わたしも戦うよ」

「アタシもやるよ。リーズとウルルは休憩かねぇ」

やる気を見せるミュウとオルカさん。正直、走り回ってるウルルにまだ休息は必要ないと思うけど……さすがに戦闘させすぎたかな？　考えたら今日ずっと戦い続けてるし。

……で、この状況で私だけ見てるわけにもいかないでしょ。【フォトンレイ】は味方を巻き込んじゃいそうだから使わないけど、支援系の魔法ならあるし。

「私もやります……【エリア・ヒール】！」

ということで、実験も兼ねて新しい回復魔法を使ってみた。私を中心に、薄黄色の光が半径十メートルくらいの範囲に広がって、それに触《ふ》れた人を包んだ。

「広範囲回復……!?　そんなことまで……」

ケン君がものすごく驚いた顔をしてるけど……まぁいっか。

「回復魔法……？　だがこれは……」

「魔力まで回復してるぅ～。すごぉい！」

「ん、疲れも、消える……」

……え？　セルカさん、ネーレさん、クルルが言った内容、相当衝撃的なんですけど。それもう、回復魔法の限界超えてない？　傷が治って、魔力も戻って、疲れもとれる……なんて、普通の魔法じゃないような……それともこういうものなの？

「スゲェ……これが、ミサキさんの魔法……」

ケン君は呆然と呟いてる。

「またずいぶんと規格外なのが出てきたねぇ……」

「ミサキすごい！　さすがだよ！」

オルカさんは額《ひたい》に手を当て、ミュウは笑顔で私を見てくる。……普通じゃないんだね、やっぱり。こういうのなんていうんだっけ……チート？　なんで？　村人だったはずでは？

「まぁいい。強い分にはありがたいからねぇ……ほれケン、アンタもシャキッとしな」

「……はっ!?　は、はい！」

気を取り直したオルカさんが、ケン君の背中を叩く。

「ウルル！　リーズ！　交代だよ！」

そして声を張りあげて、いまだに魔獣と戦っている二人を呼び戻した。

「りょ、了解っす！」

「えー!? まだやれるのにー」

一緒に戦ってたリーズさんは見るからに疲労してるけど、ウルルはまだ元気いっぱい。……あの子の体力は無限かな？

戻ってきた二人に私は駆け寄った。

「お疲れさまですウルル、リーズさん……【ヒール】！」

【ヒール】も、対象をマーカーで指定すれば、複数の人にまとめて使える。もし私の回復系魔法が全て規格外なら……

「お？ おぉ、すごいっすねこの魔法……疲れがとれるっす」

「あったかーい！」

……ほらね、ただの【ヒール】でもこうなるんだよ。ウルルが言うには、私の魔法はあったかいらしい。それが感覚的なモノなのか、本当に魔法が暖かいのかはわからないけど……もう気にするだけ無駄な気がしてきた。自分の力なのに全然わかんない。

「よし、アタシが先行する。ミサキ、ミュウとケンに盾《たて》を……アタシはスキルで自分の身を守れるからいらないよ。そのあとはサポートを任せる。セルカとネーレも休みな！」

「「はい！」」

休憩に入ったウルル、クルル、リーズさんを確認すると、オルカさんは走り出す。ケン君とミュウは大きく返事した。私も頷く。

「わかりました……【シールド】！」

まずは指示通り、ミュウとケン君に【シールド】をかける。

オルカさんと入れ替わるように、セルカさんとネーレさんも離脱。つまり、ここからは援護する魔法使いが私一人になるということ。今まで以上に集中力が必要かな。

そんな私たちと相対するのは五体のオオカミ。だいたい群れで出てくる魔獣だ。

「おらぁっ！　ふんっ！」

先手はオルカさん。オオカミの魔獣を立て続けに二体、蹴《け》り飛ばした。その勢いを利用してサーベルを抜き放ち、吹き飛ばしたうちの一体に狙いを絞る。

「うらっ！」

そして、それを縦に両断した。どう見てもサーベルの長さよりもオオカミの体のほうが厚かったんだけど……あの人にそんなのは関係ないらしい。

「……はぁっ！」

もう一体を斬ったのはミュウ。吹き飛ばされて姿勢が安定しないオオカミを、着地点で待ち構えて一閃《いっせん》。オオカミは首と胴体がお別れした状態で地面に落ちた。

「俺も！　……【フレイムエッジ】！」

　ケン君は炎をまとわせた剣を、勢いよく振り下ろす。すると、炎が刃《やいば》の形になって、オオカミに向かって飛んでいった。……でもこれは動きが大きかったのか、オオカミたちは余裕で回避。

「くそっ、外した！」

「よく動きを見て！　【ライトチェイン】！」

　悔しがるケン君を援護するため、私は魔法を発動する。

　このオオカミたちの動きは、よく見るととても似てる。まるでお互いの動きを真似し合ってるみたいに。だから、次の行動を予測すれば、一体なら動きを止められる！　【ライトチェイン】は残りの三体のうち、真ん中の一体を拘束した。

「これなら……【ライトエッジ】！」

　続けてケン君が使ったのは光の刃《やいば》。炎のやつよりも出るのが早く、射程距離も長い。拘束されている一体に、確実に命中させて、残りは二体。

「やるねぇ！　もう一丁！」

「はい！」

　そのうちの一体を、オルカさんがケン君に向かって蹴《け》り上げる。このままさっきの魔法を使うと、オオカミの先にいるオルカさんも巻き込んじゃう。……さぁ、この状況をどうする、ケン君。

「【チャージ】！　【エンチャントライト】！」

ケン君が持つ剣が、光に包まれた。一気に二つの魔法を使ったみたいだけど、一体どういう魔法なんだろう……

「うぉぉぉっ!!」

ケン君は振り上げた剣を思いっきり振り下ろす。光る剣はオオカミに命中した瞬間、その光を弾けさせた。

「ギャッ!?」

オオカミの悲鳴が聞こえたあと光がおさまると、血を流さずに真っ二つになったオオカミが目に入った。……なにあれ、どうやってやったの……

「やぁっ！」

残りの一体はミュウが刻んだ。……というか今、一瞬で二回剣を振った気がしたんだけど。斬られたオオカミが頭、上半身、下半身に分かれてるから間違いない。ここにきて、ミュウの進化も止まらないよ……

これで五体全て倒した。オルカさんがケン君に歩み寄って、大きく頷く。

「よし、悪くないね。ケンの判断もあれでいい」

「ありがとうございます！」

すっかり生徒と先生だなぁ……でも、この短時間でここまで戦えるようになったケン君には驚いた。オルカさんやミュウほどじゃないにしても、魔法と剣を使う姿は様《さま》になってたし。

「ふぅ……やったよ、ミサキ！」

……この無邪気《むじゃき》な笑顔からは信じられない、さっきのミュウの一撃。

「ミュウ……なに、あの剣捌《さば》き。抜刀術なんてどこで覚えたの」

一瞬で二回斬るとか、どんな剣豪ですか。武器を持ってないときは普通の女の子なのにね。規格外は私だけじゃないと思うんだ……

私が呆然としていると、ケン君がパッとこちらを向く。

「ミサキさんの魔法も、助かりました」

「あーうん、役に立ったのなら……」

ぶっちゃけ【シールド】とかいらなかったような気もするけど……誰一人、危ない場面なんてなかったもん。しかもオルカさんとか、生身ででっかいオオカミを蹴《け》ったからね。あの人も絶対普通じゃない。

私たちが休憩しているメンバーと合流すると、そこでセルカさんが咳《せき》払いを一つ。

「……あー、オルカ」

「ん？　どうしたんだいセルカ」

深いため息をついて、心底面倒臭そうに私たちの後ろを見ているセルカさん。

「盛り上がってるとこ悪いけど、お客さんだ」

セルカさんがそう言って指した先を見ると、そこにいたのは……

「……おいカトウ、こんなところでなにをやっている」

「女だらけだな。楽しいか？」

……賢者と武……なんとかさんだった。この人たちは、正直会いたくない人ナンバーワンだったんだけど。しかも現れて最初の一言に品がない……確かにケン君以外女性だけど。

「……ねぇミュウ、あの大きいほうの人って職業なんだっけ？」

「んー……確か、武術師範、だったような？」

「あー……そんな感じだっけ……」

こっそり確認してみたけど……ミュウも怪しいかぁ。筋肉が印象的だっていうのは覚えてたんだけど、職業に関してはすっぽり抜けてる。うん、あとでケン君に聞こう……

うん？　賢者がこっち向いた。あらかさまに眉をひそめられたんだけど……

「……どこかで見た顔だな」

「………………」

私が黙ってると、賢者は勝手に納得したように、口の端を吊り上げた。

「あぁ、あのときの……追い出された村人か」

……なんだろうなぁ、この感じ。言ってることは事実なんだけど、その言葉の一つ一つにトゲがある。ちくちく刺さるような喋り方……

「ミサキ……」

「うん？　大丈夫、このくらいなんでもないよ」

……ミュウが私の顔色を窺《うかが》うようなそぶりを見せた……心配かけちゃったかな。急に黙り込んだら、そりゃ心配にもなるよね……でもこのくらいの煽《あお》りなら、別になにも感じないよ。

「カトウ……なぜこいつらと行動している。俺たちは選ばれた存在……冒険者如《ごと》きと馴《な》れ合うな……」

「へぇ……言うじゃないか、賢者様？」

偉そうな賢者に、ちょっとキレてるオルカさん。賢者はフンッと鼻で笑う。

「気安く話しかけるな、冒険者……お前を相手にしている暇はない……」

……もし、この人たちが強いんだったら、もっと説得力があるのに。ケン君に真相を聞いた私たちからすれば、今の賢者はだいぶイタいね……

オルカさんも、あまりにイタい返しに笑いを堪《こら》えてるし……私の後ろでは、コートン姉妹が必死ににやけ顔を隠してる。バレたらやばいよ、ウルル、クルル。

「ササキさん、コンドウさん、この人たちは強いですよ。俺たちよりも、圧倒的に」

「なんだぁ？　女を庇《かば》うのかよケン。優しいねぇー」

「本当ですからね……舐《な》めてると痛い目見ますよ……」

ケン君がやたら実感のこもった声で二人を諭《さと》す……ってそういえば、ケン君はオルカさんにぶん殴られたんだっけ。そりゃ実感もこもるわけだね……実体験だもん。筋肉さん……コンドウさん？　はどこかズレたこと言うし……

「……こいつは村人だぞ。俺たちよりも強いはずがない……城に残ることも許されなかった弱者だ。冒険者になる以外に道のない……な」

「そのミサキさんが、一番強いって言ってるんですよ」

「はっ。面白《おもしれ》ぇ冗談だ」

賢者……ササキさんの物言いに、ケン君の声に僅《わず》かな怒気がこもる。この人たちは自分が戦えないってことを自覚してるんだろうか……いまだにスキルをまともに使えないって聞いたけど？　うん……ここはひとつ、私の力を見てもらおうかな。

「……なら魔法でも、見せましょうか？　……【オーブ】、【エミスト】」

……攻撃性や派手さはないけど、【オーブ】も【エミスト】も、日本人からすれば、十分な魔法。光る球体を出現させて、なにもせずとも杖を光らせてるんだもん……どうかな？

「……そんな手品で俺が驚くと思ったのか？」

「うわははは！　面白《おもしれ》ぇなソレ！」

ダメかぁ……一瞬ササキさんが絶句したような気はしたけど、結果、信じてもらえなかった。コンドウさんに至ってはお腹抱えて大爆笑する始末。なんだこの人……

「あなたたちは、一度もスキルを使ったことがないと聞きました。スキルが使えないと、あとで苦労しますよ。魔人が出たらどうするつもりですか」

私が忠告しても、二人はどこ吹く風、といった表情。

「うはは！　言ったろ、俺たちは勇者の素質を持った召喚者だ。スキルだろうが魔法だろうが、んなもん魔人が出てくりゃどうとでもなんだよ」

「……賢者の力は、魔人を倒すためのものだ……今は必要ない……」

「んな無茶苦茶《むちゃくちゃ》な……」

……なにその超理論……スキルってそういうものじゃないんだけどなぁ……魔人にしか効果のないスキルなんて、あるはずがない……もしそうなら、ケン君が今、スキルを使える理由に説明がつかないから。……だって勇者なのって、ケン君でしょ？

「……もういい。冒険者に堕《お》ちたお前も、誑《たぶら》かされたカトウも、好きにするがいい……」

「じゃあなケン！　せいぜい楽しめよ！」

ササキさんとコンドウさんは捨て台詞《ぜりふ》を残して去っていった……

なんだあの人たち……私は冒険者に堕《お》ちたんじゃなくて自分で選んだんだし、ケン君も誑《たぶら》かされたわけじゃない。自分で選んでここにいる……オルカさんに矯正されたともいうけど。

しばらく沈黙が流れて……我慢してた皆が、笑いを爆発させた。

「くっく……置いてかれたねぇケン。どうすんだい？」

オルカさんが若干震える声でケン君に尋ねた。

「ひーあははははっ！　なにあれー」

「ふ……ふふ、笑いが、止まら、ない……」

ウルルとクルルは爆笑を隠そうともしない……

「……あの人たちのことは心配ですけど、もう一緒に行くのはやめます。皆さんに協力させてください」

「はいよ。とりあえずは、この《魔獣暴走《スタンピード》》が終わるまで面倒見てやるよ」

「……ありがとうございます！」

ケン君の言葉を聞いて、オルカさんは鷹揚《おうよう》に頷く。ケン君はここに残るみたい。キリッとして、なにかを覚悟したみたいな顔は格好いいんだけど……コートン姉妹の爆笑がそれを台無しにした。あなたたち、ちょっとは空気読みなさい……

「賢者というから、ぶふっ……どんな聡明《そうめい》な人物かと思えば……くふっ、道化《どうけ》だったな」

「お腹痛くなったぁ〜。もぉ限界ぃ」

セルカさんもネーレさんも我慢の限界だったみたい……

「あれで勇者の素質があるとはよく言えたもんっす。一般人よりヒドイっすよ……」

リーズさんは冷静に話してるけど、その顔は盛大ににやけてる。あの二人が残ってたら、プライドをズタボロにされて、恥ずかしくて死んでたかもしれない……それはそれで見てみたいけど。

「その辺にしときな、アンタたち。まだ《魔獣暴走《スタンピード》》は終わってないよ」

「はぁ……今回はずいぶん多いな」

笑うのをやめ、真剣な顔のオルカさんの言葉に、セルカさんはため息をつく。

……そうだった、私たちの周辺には魔獣がいなくなったけど、まだ戦闘は続いてたんだった。

「前回は半日で終わったもんねぇ。倍はいるわねぇ〜」

「下手するともっと多いっすね……」

笑いすぎて凝《こ》ったお腹周りをほぐすネーレさんも、くるくると手の上で剣を回すリーズさんも、今回の魔獣の多さにはうんざりしてるらしい。

……確かに、もう太陽がだいぶ傾いてきているけど……冒険者を総動員してもまだ終わらないとなると……まさか夜通しなんてことはないよね？

「ま、文句を言っても始まらない。さっさと終わらせてがっぽり稼《かせ》ぐよ」

そう言うオルカさんに、セルカさんもニヤリとして答える。

「ああ、そうだな……たっぷりいただこう」

……黒い笑顔で話してる二人……言ってることは間違いないんだけど、どうにも裏取引の現場感がすごい。冒険者はそんな裏稼業じゃないはず……

「……で、こっからはアタシたちとミサキたちは別行動だよ。このメンツなら二つに分かれたほうが効率いいからねぇ」

確かに、オルカさんの言う通り。この戦力は分散させたほうがいいよね。

「お、俺はどうすれば……」

ケン君がすごく不安そうに言う。オルカさんは少しだけ考えるそぶりをした。

「さっきは面倒見るとか言っちまったが……アンタはアタシらについてくる体力がないねぇ」

……オルカさんのパーティーが全力で走ったら、多分ウルル並みの速度で移動することになる。一番足が速いっぽいリーズさんは、余裕でウルルに追いつくし……ケン君が入るのはちょっと無理がある、かな？

「……ってことでミサキ、アンタんとこでケンの面倒見てやんな」

「へ？」

「ミサキのところなら、万が一の危険も少ない。年も近いし、なんとかなるだろう？」

えぇー……そんな理由？　薄々そんな気はしてたけど、オルカさんに押しつけられた感があるんだよね……それに、私以外の皆がどう思うか……

「んー……いいんじゃないかなぁ。《魔獣暴走《スタンピード》》の間くらいなら……」

「面白そーだからさんせーー！」

「ん、別に、構わない」

……反対はなし、と。ウルルの意見はともかく、特に嫌だってこともないみたいだし……私？　私は元から気にしてない。まぁこんな、女の子だらけのパーティーに一人だけ男が入るのも……とは思ったけど。きっと王城では、この倍の女性に囲まれてただろうからいまさらでしょ……ってことで。

「よし決まりだね。ほれケン、ミサキの指示を聞きな」

「は、ハイ！」

ケン君はオルカさんに、シャキッと返事をする。

「じゃ、アタシらは先に行くよ」

そう言うとオルカさんたちは遠くの魔獣に向かっていった。残されたのは、なぜか緊張した様子のケン君だけ……って、なにか緊張するようなことあったかなぁ……

「ねぇねぇ、私も行っていいー？　どーんって」

「うん、ダメ。少し待っててね、ウルル」

「ちぇー」

……ウルルは目を離すと勝手に魔獣に突っ込んでいきそうだし、それどころじゃないか……まずはこの先どうするかを決めないとね……

このパーティーは、ちょっと前衛が多い。ウルルとミュウは武器で直接戦うし、ケン君は魔法は使えるけど、武器で戦うほうが向いてそう。クルルは道具でのアシストはできるけど、直接ダメージを与えられるのは爆弾だけ。前衛が多い状況で使うのはリスクがある……そして、私はほぼ全てを魔法に頼る超後衛。攻撃力は並み以下だけど、支援と回復はそれなりにできる。

……うーん、かなり難しいけど……

「基本的にはウルルが前衛、ミュウとケン君でサポートして……でも、ラバーシープが出てきたらケン君と代わってね。アレの弱点は火だって、セルカさんが言ってたから」

「はーい！」

「うん！　任せて！」

「はい！」

ウルル、ミュウ、ケン君の順番で、いい返事が聞こえる。ウルルが大暴れすれば、だいたいの魔獣は余裕で倒せる。ただ、力でねじ伏せる戦法が通用しないヒツジだけは、ケン君の炎に期待するしかない。加えて、索敵《さくてき》能力があるミュウなら、死角からの攻撃も対応できるはず……

「あとは……クルル、爆弾以外のもので援護できない？」

「ん……石でも、撃《う》つ？」

「あ、それいいかも。じゃあクルルは石で援護……状況次第で爆弾使って」

「ん、了解」

クルルの武器はスリングショット……撃《う》てるのは、爆弾だけじゃない。クルル自身が言ったように、その辺の石ころでも十分武器になる。それなら味方を巻き込んで大爆発……なんてことにはならない。たくさん魔獣が出てきたら、爆弾を使って殲滅《せんめつ》……かな。

「で、私は【シールド】と回復で援護。大きい奴が出たら【ライトチェイン】で足止め、速い奴は【オーロラ】でなんとかするよ」

「魔法の実験はする？」

ミュウの問いに、私は頷く。

「うん。ちょいちょい試しに使うつもりだから、変なのがあっても気にしないでね」

「あはは、了解」

この場でもっとも魔法が使えるのは私。でもいまだに自分の能力をきちんと把握《はあく》できてないから、新しい魔法の実験はする。もちろん、皆を巻き込まないように。……よしっ。

「じゃあいこう……【シールド】！」

「「「おー!!」」」

ミュウ、ウルル、クルルは元気な返事。

「はい！」

ケン君もキリッとした顔をしてるから、大丈夫そうだね。

……さぁ、改めて、戦闘開始！

朝始まった《魔獣暴走》《スタンピード》だったけれど、だいぶ薄暗くなってきた。

時間が経ったことで魔獣が広範囲に散ってしまったのか、辺りに冒険者の姿はない。

それはつまり、遭遇した魔獣全てと戦わなきゃいけないってことだけど……逆に全力で戦っても、誰かを巻き込まないってことでもある。

「フロックウルフ……！　気をつけて、まだ近くにいるかも！」

向かって来るオオカミを見たミュウが警告をする。聞けばあのオオカミ、一匹見たら三十はいると思えっていう、どこかの黒い悪魔的な魔獣なんだとか。さっきから出てきていたのは、全て同じ群れの可能性もあるらしい。

「手早くいこう！　ウルル！　蹴散《けち》らして！」

「まーかして！」

私が叫ぶと同時に、ウルルは勢いよく攻撃する。

「「「グゥッ⁉」」」

……群れで行動する奴は、まともに相手にしちゃいけない。さっさと蹴散《けち》らして、仲間を呼ばれないようにするのが一番。ウルルがハルバードを振り回して、一度に五匹のオオカミを弾き飛ばした。

「まだ倒し切れてない！　ミュウ！」

「うん、わかったよミサキ！　……やぁっ！」

ウルルの攻撃で倒れたのは三匹。運よく生き残った二匹のフロックウルフは、ミュウが処理した。ウルルに吹き飛ばされてふらふらしてるオオカミなんて、ミュウの敵じゃない……むしろ的かも。

ホッと一息、と思いきや……

「シャァァァァッ!!」

「うお!?　でけぇ！　なんだコイツ!?」

息つく暇もなく現れたのは巨大なヘビ。紫《むらさき》色に光を反射する、不思議な黒い鱗《うろこ》を持っている。優に十メートルはある超巨大なやつ……今まで見た魔獣の中でも、ダントツの大きさ。ケン君が目を見開いてる。

「シャァァッ」

そのヘビは、見るからにヤバい紫《むらさき》色の煙を口から吐き出した。

「逃げて！　吸い込んじゃ……けほっ……」

「うわー!?　うっ……げほっ」

「ミュウ!?　ウルル!?」

その煙に巻き込まれたのは、警告して逃げるのが遅れたミュウと、ヘビの一番近くにいたウルル。ケン君はギリギリ範囲外にいて無事みたい。あの煙……吸い込んだ二人が苦しむ、ってことは……毒？

早く治療しないといけないけど、私の魔法に治療できるモノないかな……うん？　これは……名前からして、なんかそれっぽい！　ファンタジー小説で見たことがある気がするもん！　外れたらごめん！

「【キュア】！　お願い！」

「けほっけほっ……ん……あれ？」

「……治ったー！」

……よし大成功！　ぶっつけ本番だったけど、【キュア】は私が思った通り、解毒《げどく》ができる魔法だった。苦しんでいたミュウとウルルは、魔法の白い光に包まれると、途端に元の調子に戻る。

「ありがとミサキ！　この魔獣は、ポイズンスネーク！　あの息に触《ふ》れちゃダメ！」

……なんて厄介《やっかい》な。常に口から怪しい色の煙を吐いてるヘビに、近づくことすらアウトだなんて……ウルルの突撃戦法も使えないなぁ。

かといって、私の【フォトンレイ】も、シュルシュル動くヘビには当たる気がしない。……【ライトチェイン】で動きを止めるのも考えたけど、引っかかるところのないあの体では、すぐに抜け出される……

「俺が行きます！　一瞬でいいんでアイツを止めてください！」

「え？　ちょ……」

私が止める間もなく、ケン君が駆け出した。待って、あのヘビヤバいから！

「【クロウルフレイム】！　【バースト】！」

そして魔法を使うと……ケン君自身の体が炎に包まれた。

「えええ!?」

ちょっと待って、アレ大丈夫なの？　文字通り火だるまになってるけど!?　しかも、移動速度が急に上がった。ウルルにも劣《おと》らない速度で、火だるまケン君が走る。

……ケン君はなにをするつもりなのか、あらかじめ言ってほしかったけど、もうこうなったらやるしかない。じっくり考える暇もないっ！

「……あーもう！　ウルル！　ハルバード投げて！　アイツを止める！」

「？　わかったー！」

私が若干やけくそで出した指示にもウルルは従ってくれた。

「キシャァッ!?」

ウルルが思いっきり振りかぶって投げたハルバードは、回転しながらポイズンスネークの側面に命中。刺さりはしなかったけど、ヘビはくの字に体を折って、こちらに向かってくるのをやめる。

……さらに私の魔法も追加！

「【ライトチェイン】！　ケン君、これでいい!?」

すぐに抜け出されそうだけど、ケン君の要望通り一瞬動きは止めた。

「十分です！　【エンチャントライト】！」

……火だるまの状態でも声ははっきり届いた。魔法をさらに追加するケン君。

「これでもッ、くらえっ！」

「シャァッ!?」

ケン君は、吐き出される煙をものともせず、ヘビを斬りつけた。寸前でヘビが避《よ》けたせいか、完全に倒し切ることはできなかったようだけど……

「……ん、命中」

直後にクルルが撃《う》った石が、頭に直撃……ポイズンスネークはあっさりと倒れた。正確には、脳震盪《のうしんとう》的ななにかを起こして倒れたヘビが、ちょうどその下で剣を構えていたケン君のほうに頭を落として、そのままザクッと。

「……終わった？」

「終わったねぇ……」

あまりにもあっけない強敵の最期《さいご》に、ミュウも私も頭が追いついてない。え？　こんなのでいいの？　まぁ苦戦するよりはいいけど……

そこにしれっとケン君が帰ってきた。いつの間にか体の炎は消えている。

「なんとかなるもんですね。援護ありがとうございました」

「あ、うん……じゃなくて！　さっきのなに!?　火傷《やけど》とかは？」

……普通に返事しちゃった……！　帰ってきたケン君があまりにも自然体だったから一瞬ツッコミが遅れた。

「うえ!?　そ、そういう魔法です……火傷《やけど》はしてないでぇす！」

……私に詰め寄られたケン君は、なぜか拳銃《けんじゅう》でも向けられたかのように両手をホールドアップ。若干裏返った声で説明をしてくれた。

「……そっか、ならいいけど。次からは、せめてなにするかだけでも言ってね」

「は、はい!」

なんだか少し様子がおかしいけど、とりあえず異状はなさそう。顔色も、ちょっと赤いけど具合が悪いわけでもなさそうだし……毒も受けてない、かな。

「……ってケン君、ちょっと擦《す》り傷あるけど」

「あぁ、これくらいなら自分で治せます。……【リジェネ】」

ケン君が詠唱《えいしょう》すると、あっという間に傷が消えた。………あ、その魔法。

「私と一緒だ」

「そうなんですか? 小さい傷なら治せるし、初めからかけておけば、疲労を軽減できるそうです。効果時間がそこそこ長くて、一度にかけられる人数も多い……ってオルカさんに聞きました」

そうなんだ。私も今度使おう。

「……む、次、来るよ」

「わー、ビッグベアがいっぱーい!」

クルルとウルルが指す先には、五頭のビッグベア……と、やたらでっかいウサギ。さっきの、あのすごい魔法についてじっくり聞きたかったけど……そうも言ってられないかな。

……ってか、このままあんなのに突進されたら、私たち死んじゃうんですけどっ！

ちょっと無理してでも止めないとね……！

「【シールド】！　【オーロラ】！」

まずは効果がなくなっていた【シールド】の張り直しと、万が一の保険で、触《ふ》れたものの動きが遅くなる【オーロラ】を使う。【オーロラ】の光で少し視界が遮《さえぎ》られるのは仕方ない。

「ウルル！　先頭のやつだけ狙って！　それですぐ離脱！」

「りょーかーい！」

私の指示で駆け出すウルル。やらせといてなんだけど……よくアレに突っ込んでいけるなぁ、ウルル。巨大なクマが五頭だよ？　威圧感すごいんだけど……っと、つぎつぎ……

「クルル、爆弾用意して。ウルルが離れたら、即お願い」

「ん、了解」

あんなの正面から相手してらんない。まず爆弾で数を削《けず》る作戦でいこう。

あのウサギみたいなやつは初めて見たから、どんな攻撃をしてくるのかわからない。

できればこの一撃で倒れてくれるといいんだけど……

「うおりゃぁー‼」

ウルルは先頭のビッグベアの足を払うように攻撃した。普通の人だったら弾かれて大ダメージを負うような危険な技だけど、生憎《あいにく》、ウルルは普通じゃない。

「「「「グォッ⁉」」」」

見事に足払いをかけられたビッグベアは、玉突き事故みたいにぶつかって、重なり合って転んだ。

「いえーい！　大成功ー！　……ってぬわぁー⁉」

見事にビッグベアの突進を止めたウルルが、ガッツポーズで喜んだのも束《つか》の間……直後に飛んできた爆弾の衝撃に煽《あお》られて吹き飛ばされた。……ちょっと待って。

「クルル……離脱したらって言ったじゃん……」

「……なんか、ウルルなら、いいかな、って」

「んー……それもどうかなぁ……」

ふいっと視線を逸《そ》らすクルルとそれを見て苦笑いのミュウ。ウルルならいい、ってどんな理論かな。さぁこっち見なさい……目を合わせなさい、クルル。

「っはー、死ぬかと思ったー」

クルルと高速あっち向いてホイみたいなことをしていると、爆発で巻き上がった砂煙《すなけむり》の中からウルルが飛び出してきた。

「いや、なんで平気なんすか。ウルルさん……」

ピンピンしてるウルルにケン君が即座にツッコむ。……甘いねケン君。

「んー？　痛かったよー？」

「……そうじゃねぇ……そうじゃねぇんだよ……」

ウルルには常識が通用しない。なんせ至近距離で爆弾が炸裂《さくれつ》しても、痛かったで済ませられる耐久性を持ってるんだから。これに慣れてないケン君は、ブツブツと呪文のようになにかを言っている。

と、砂煙《すなけむり》を切り裂いて、なにかが飛んできた。

「わぁっ⁉　……あれ？」

いきなりで反応が遅れたミュウだけど、飛んできたなにかはミュウの目の前で停止していた。……正確には、ものすごく動きが遅くなって、止まっているように見えた。

「……万が一は、あるものだね」

「ミサキ！　そっか、【オーロラ】……」

正解。さっき私が念のために張っておいた【オーロラ】。なにかはそれに当たって、動きが遅くなったみたい。

止まって見えるほど遅くなるなんて、この魔法もだいぶ反則だよね……

「で、なにこれ。魔獣の一部？」

その止まったなにかは、灰色の太い鞭《むち》みたいなものだった。こんなの見たことない……ってかコレ、まだ生きてるんだけど。

「んー……あ、ウィップラビットの耳だよ、これ」

「ウィップラビット？」

「うん。ほらアレ……さっきの魔獣だよ」

鞭《むち》をじっと観察していたミユウは、その正体に思い当たったらしい。

ミユウが指した先にいたのは、砂煙《すなけむり》が晴れたところに佇《たたず》む、巨大ウサギ。その耳が長く伸びて、私たちがいるところまで届いていた。伸びる耳って、なにソレ……

「まぁとりあえず……ウルル、まだ生きてる奴がいるから倒してきて」

「まーかして！」

さっきの爆発で死んでないビッグベアが一体と、このウサギ。いつ魔法の効果が切れるかわかんないし、さっさと魔獣を片づけたい。

……って思ってたんだけど、瀕死《ひんし》のビッグベアと動かないウサギなんてウルルの敵じゃなかった。あっという間に全て倒して戻ってきた。六頭の魔獣ではウルルを満足させられなかったようです。

「終わったー、つまんなーい」

「まぁまぁ……早く終わったんだからいいじゃないですか……」

「むー……」

……なんか、ケン君が我儘《わがまま》な姉を宥《なだ》める弟、みたいに見える……実際はケン君のほうがお兄さんなんだけど……そんな雰囲気は微塵《みじん》もない。

「んー……こんなのでいいのかなぁ……」

私がそう言うと、ミュウとクルルは頷く。

「ユルいパーティーだよね、ここ」

「ん、楽しい、から……いい」

戦地の真っただ中でもこの余裕……ユルすぎじゃない？　私たち。

まぁ、変に格式張ってるとか、規則が厳しいとかは私も嫌いなんだけどね。仲が良ければそれでいいか。

「よーし！　もっと魔獣さがそ……」

そして、ケン君に宥《なだ》められたウルルがハルバードを持ち直した、そのとき。

――ドゴォォン……

「「「「!?」」」」

地面が揺れて、そう遠くない場所から爆発音が聞こえてきた。地震ってわけじゃなさそうだね……こんなこと、今日一日戦ってて初めて……どうにも嫌な感じがする。

「……ミサキ」

「うん、行こう……嫌な予感がする」

「……」

ミュウは、その表情を真剣なものに変えている……あのウルルでさえ口を噤《つぐ》んだ。これは、ただごとじゃない……この場にいる全員がそう感じてるみたい。

音がしたほうからは黒煙《こくえん》が上がっている。……あの下に、なにかある。

第五章　激突！　最強の敵

黒煙《こくえん》のところにたどり着いた私たちの目に飛び込んできたのは、想像を絶する光景。

「これ、は……ウソだろ……」

「……ひどい……」

深くえぐれて、クレーターがいくつもできた地面。辺りに立ち込める、なにかが焼ける匂い。そして、倒れ伏す冒険者たち。ケン君とミュウは呆然とそれらを見ていた。

……正直、私もこんなの見せられたら正気じゃいられない。

だけど、私には傷を癒《いや》す魔法がある。……できることは、あるはず。

「……ウルル、クルル。冒険者たちを近くに集めて。私の魔法なら治せるかもしれない」

「お、おー！　りょーかーい！」

「……ん、任せて」

倒れている冒険者は、見えるだけでも八人。遠くには、もっといるに違いない。【エリア・ヒール】の効果範囲に全員集めれば、一度に治療ができる……はず。力のあるコートン姉妹なら、動けない人を抱えてこられる。……任せたからね。

「ミュウ、〈索敵《さくてき》〉全開にして。……この状況になった原因を探そう」

「はっ⁉ う、うん！」

……倒れている冒険者がこれだけいるってことは、原因になったなにかが、この近くにいるはず。それが強い魔獣なのか、魔法の誤爆なのかはわからないけど……

索敵《さくてき》系のスキルを持ってるミュウには、それがわかるかもしれない。

「……後ろ！ 魔獣が三匹！ 多分フロックウルフ！」

バッと後ろを振り返ったミュウが声を張り上げる。……普通の魔獣もまだ残ってるみたいだね。だけど……

「ケン君、任せた！ 【シールド】！」

「……っ！ はい！」

オオカミくらいなら、ケン君一人に任せても大丈夫。

そろそろウルルとクルルが人を集め終わりそう。死んでさえいなければ、私の魔法で治せると信じてる……頼んだからね、〈癒心《ゆしん》〉のスキル……

「集めたよー！ これで全員ー！」

「まだ、誰も、死んで、ない」

……よし！　ここからは私の力の見せどころ！　チート級の魔法だっていうなら、今こそその力を使うとき！

「【エリア・ヒール】！」

「わ……すごい……綺麗……」

効果範囲に入っていたミュウが、思わずといった風に言葉を漏らした。今までよりも強い薄黄色の光が冒険者たちを包み込む。

「傷が……消えて、る？」

「すごーい……」

クルルとウルルも同じく呟く。冒険者たちの傷はちゃんと治ったっぽい。さすがに意識まではどうにもできないみたいで、気絶した人はまだ起きてないけど……

「……あ、ミサキ、誰か来るよ。って、あ……」

「うん？」

……あ、いけない……ミュウが急に袖を引っ張るから、集中力が切れて魔法の色が薄くなった。まぁ……傷は治ってるみたいだし、大丈夫だと思うけど……

で、ミュウはなにを……

「……相変わらず、出鱈目《でたらめ》な魔法だねぇ」

「オルカさん⁉　どうしてここに？」

私に声をかけたのは、さっき別れたオルカさんだった。他の皆さんもいる。……なるほど、どうりでミュウが私の袖を引っ張るわけだね。

で、そんなオルカさんがなぜここに……

「ボロボロの冒険者が逃げてきてねぇ。なんでも、とんでもない化け物が出たって言うじゃないか。で、まだ逃げ遅れたのがいるってんで来てみれば……」

「ミサキさんが全員回復させてたってわけっす。さすがっすね」

オルカさんの言葉をリーズさんが引き継ぐ。オルカさんは今、私が治した人たちを助けに来たってことかな……っていうか。

「……とんでもない化け物……？」

「っ⁉　ミサキ……なにかいる。すごく大きい反応が……なにこれ」

……聞くまでもなかった、かな。ミュウが急にビクッと体を震わせて、正面をまっすぐ見ていた。〈索敵《さくてき》〉になにか引っかかったみたい。

「……どうやら、その化け物がお出ましのようだねぇ」

オルカさんたちも武器を構えて黒煙《こくえん》の先を見据《みす》える。

「……ミサキさん、魔獣は倒しましたけど……これは……」

「まだこれから……かな。ウルル、クルル……戻ってきて」

オオカミを相手にしていたケン君が戻ってきた。少し離れたウルルとクルルも、なにがあるかわからないし……近くに呼び戻す。

……この、押し潰されるようなプレッシャー……ビッグベアと至近距離でにらめっこしたのとはわけが違う。冷や汗が止まらない……

そしてついに黒煙《こくえん》が晴れた。その先にいたのは……

『…………』

漆黒《しっこく》の体を持つ、二メートルくらいの……人？　だった。頭っぽいところには湾曲《わんきょく》した黒い角、腕は巨大な爪に覆《おお》われている。筋肉質な全身には、赤くヒビ割れたような線が走っていた。男性に見えないこともないけど、大柄な女性にも見える……なにあれ……

それを見た隣のオルカさんが息をのんだ。

「……はは、冗談キツイねぇ……魔人のお出ましかい」

「「「「魔人!?」」」」

私、ミュウ、ウルル、クルル、ケン君は驚きを隠せなかった。

「初めて見たっす……伝説が目の前にいるっす……」

リーズさんがポツリと呟く。……考えられる中で、最悪の存在。あのオルカさんが一歩あとずさった。リーズさんも剣を構える手が震えてる。……ヤバすぎる。

……アレが、ケン君を……勇者を召喚する理由になった魔人……ただじっと立ってるだけで、これだけの重圧を……はぁ……逃げたくなってきた。

「……仕方ない……やるしかないね」

オルカさんはそう言って表情を引き締める。

「魔人を、アイツを倒すために俺は……俺も、やります」

……ケン君も意を決したみたい。私は、正直あんなのと戦える気なんてしないけど……防御と回復を使える私が、一番に逃げるわけにはいかないでしょ……

「はっ、言うじゃないか、ケン。勇者っぽくなったんじゃないかい？」

「……まだまだです……！」

不敵な笑みを浮かべるオルカさんと、硬い表情で剣を構えるケン君。この二人だけに任せるわけにはいかない。死なれたら寝覚めが悪すぎる……ってね！

「【シールド】！【リフレクト】！【リジェネ】！」

防御系魔法の連発。今なら、どんなに魔法を使っても平気な気がする。

さっきケン君から聞いた【リジェネ】。防御系の魔法と組み合わせれば、かなり便利な魔法になるはず……少なくとも、即死はしない、と信じたい。魔人がそこまで出鱈目《でたらめ》な存在じゃないことを祈るばかり……

「ミサキさん……」

ケン君が私のほうを見る。私にできることは、ちゃんとやるよ。

「ミサキ……うん、わたしも！」

「魔人かー、強そーだねー」

「……頑張る」

ミュウ、ウルル、クルルもやる気になった。本音を言えば、皆に危険なことはしてほしくない。けど、それは皆も私に対して、同じことを思っているはず……それに皆で力を合わせて悪い奴を倒す、なんてちょっと格好いいしね。だから今は……

「ありがとう……頑張ろ、皆！」

あえて、こう言わせてもらおうかな。経験？　そんなの、もちろんあるわけない。でも、諦めるのも逃げるのも嫌。

「「「おー!!」」」

剣の柄《え》に右手を添え、抜刀術の構えをとるミュウ。

右手に持ったハルバードを担《かつ》いで、すぐに飛び出せるように姿勢を低くするウルル。

バッグから無数の小瓶を出して、スリングショットを構えるクルル。

……皆、すごいやる気に満ちてる……無茶しないといいけど。まぁ、私も気合いは十分なんだけどね！　こうなったら、とことんやってやろうじゃない。

「ははは……いいねぇ、ミサキたちは。さてアンタら……」

「はぁ。若手がやる気になってるのに、私らが逃げるのはナシだな」

そんな私たちの様子を見たオルカさんが、笑ってセルカさんたちを挑発する。ため息をついたセルカさんは、頭を掻《か》きながら杖を構えた。

「あんまり穏やかじゃないわぁ～。セルカぁ、あとでお菓子奢《おご》ってぇ～」

「それもこれも、生きて帰れたらっすね。……お菓子、ウチも頼むっす」

「お前ら私を破産させたいのか！　食いすぎなんだよいつも！」

……ネーレさんとリーズさんのせいというか、おかげというか……少しだけ空気が軽くなる。セルカさんが悲痛な叫びをあげるほど、あの二人は食べるんだ……

「全く……さ、行くよ……ご丁寧に待っていてくれてるからねぇ」

オルカさんはやれやれとため息をついたあと、魔人を見据《みす》える。私たちがこんなことをしてる間も、魔人は微動だにしなかった。ただジッと、こっちを見ているだけ。

「余裕だな……さすが魔人と言うべきか？」

「無駄話は終わりだよ。……その余裕ぶっこいた面《つら》ぁ、引《ひ》っ剥《ぺ》がしてやるよ、魔人」

……でも、オルカさんとセルカさんが魔人を挑発した瞬間、僅《わず》かにプレッシャーが増した気がする。

『…………』

すると、それまで動かなかった魔人が、右腕を上に挙げた。

「……ちぃっ!? 来るよ、散開《さんかい》！」

なんとこの魔人、ノーモーションで魔法……でっかい火の球を放ってきた。

「魔法!? マジっすか！」

リーズさんが驚きのあまり叫んでる。……危なぁーっ！　オルカさんの早い警告がなかったらヤバかった。

全員が間一髪《かんいっぱつ》、横に跳んで無事だったけど……これが冒険者を戦闘不能にした原因……！

「やるねぇ……!!　リーズ！」

「了解っす！」

即座にオルカさんとリーズさんが駆け出す。左右から同時に攻めるつもりらしい。

「……ウルル！」

「まーかして！　やったんぞー！」

ミュウがオルカさんの意図を読んで、ウルルに声をかけて走る。僅《わず》かにタイミングをずらした、時間差の突撃。……それなら、私も。

「……【ライトチェイン】！」

「え～いっ、【ディストバタフライ】ぃ！」

私の【ライトチェイン】とネーレさんの【ディストバタフライ】、二つの阻害《そがい》系魔法が魔人を襲う。動かないのなら、光の鎖《くさり》で余裕で縛れる。

『…………』

これでも魔人は動かない。オルカさんとリーズさんが攻撃態勢に入った。

「おらぁっ!!　……なっ!?」

「ほっ!!　……はぁっ!?」

オルカさんのサーベルも、リーズさんの剣も、魔人に当たった瞬間、激しい火花を散らす。でもそれだけ……魔人は全くの無傷。……はっ？　え、今完全に命中したよね？

『……』

「がはっ……」

嘘ぉっ!?　魔人に見られただけで、オルカさんが吹き飛ばされる。ガラスが割れるみたいな音がして、【シールド】が砕《くだ》かれた……！　これじゃ拘束した意味がない！

魔人が少しだけ体をねじると、パァァンッとなにかが弾ける音がする。

んなっ!?　【ライトチェイン】が簡単に壊された！　そんな……！

「……え？　きゃあっ!?」

「ミュウ!?」

既《すで》に攻撃姿勢に入ってたミュウが、魔人の動きに反応できず、爪で弾き飛ばされた！　辛《かろ》うじて【シールド】がダメージを抑えたようだけど、吹き飛ばされて無事だとは思えない！

「【ヒール】！　【シールド】！」

選択対象はミュウとオルカさん！　リーズさんは素早《すばや》く離脱して無事。

「うおりゃぁー!!　やぁーっ!!」

……一人だけ元気なのがいた。弾かれても気にせず、武器を振り続けるウルルが。あの体ごと回転して放つ大振りの一撃には、さすがの魔人も意識を割《さ》いた様子。効いてるわけではなくて、純粋にウザいって感じだけど……

その隙をついてケン君が駆け出す。その手に持った剣は既《すで》に光を放っていた。いつの間に魔法の準備を……

「……クルルさん！」

ケン君がクルルを呼んだ。なにか策があるみたい。

「ん、任せて」

頷いたクルルは、走るケン君を掠《かす》めるように〔爆発水薬《バーストオイル》〕を発射。

「ぬわぁー!?」

〔爆発水薬《バーストオイル》〕はウルルのほうを向いていた魔人の頭に命中して、ついでに爆風でウルルを吹き飛ばした。

ケン君が大上段《だいじょうだん》から剣を振り下ろす。……今なら、魔人に隙ができてる！

「これで……どうだぁっ!!」

『……』

頭に爆弾の直撃を受けたはずの魔人は、なんとケン君の攻撃を止めて見せた。無造作に振り上げた爪で、光る剣を止めて……しかもぐらつきもしない。

「……なっ!?」

そんな馬鹿な!?

……ヤバい！　このパターンは……！　オルカさんのときと同じ反撃が来る！

「【ライトチェイン】！」

「うおッ!?　危ねぇっ!!」

……セーフ。ギリギリで魔人に【ライトチェイン】をかけることに成功。魔人の爪がケン君に直撃する寸前、どうにか一瞬動きを止めることができた……我ながらファインプレーです……！　その隙にケン君は無事離脱。

『…………』

安心したのも束《つか》の間……魔人は手の上に火の球を出現させる。

「うえええぇ!?　ちょっ!?」

忘れてたぁっ！　この魔人、魔法使うんだったぁ！　魔人が放った火球は、距離があったおかげでなんとか避《よ》けられた。すぐ後ろをゴッ……って音立てて飛んでく火の球なんて、恐怖でしかないよ。あんなの受けたら消し炭にされちゃうって。

「よし……！　【アイスフィールド】！　火を使うなら、氷は効くんじゃないのか、魔人！」

セルカさんが、鎖《くさり》で拘束された魔人の足元を凍《こお》らせる。大した抵抗もせず下半身が凍《こお》った魔人に、オルカさんが再び突撃を仕掛けた。

「リーズ！」

「っす！　はぁっ！」

魔人の背後から同じく突撃していたリーズさんも、オルカさんとすれ違うようにして斬りつける。また激しい金属音と火花……だけど、相変わらず魔人に攻撃が効いている気がしない……！

「……ふんっ！」

続けて、さっきクルルに吹き飛ばされたウルルが、ハルバードを投擲《とうてき》。見事に魔人の頭に命中したけど、これも壁にぶつけたみたいな音を立てて弾かれた。

「【ライトエッジ】！」

『……』

魔人に対する力がある……はずのケン君の魔法は、魔人が放った火球とぶつかって、相殺《そうさい》された。魔法の発射速度、あんなの反則でしょ……予備動作が全くないじゃん。

って、……うん？　魔法が相殺《そうさい》された……？　今までのはあえて食らってたような……まさか。

「……魔人は、ケン君の魔法を警戒してる……？」

「ん、アレでも、勇者」

私の呟きにクルルが反応した。

「アレとか言わないの。……でもやっぱりそうだよね」

若干失礼だけど、クルルの言う通り、ケン君は勇者。魔人に対して有効なスキルや魔法を持ってる……はず！　レベルは低いけど……！

「なら……ケン君！」

「は、はい？」

こうなったら直接ケン君に聞けばいい。そんな感じのスキルがあるかどうかをね。

サーベルでの攻撃を諦めて、魔人に殴る蹴《け》るの暴行を加えるオルカさん。逆手《さかて》に持った短剣を素早《すばや》く繰り出すリーズさん。投げたハルバードを回収して、今度は刺突《しとつ》に切り替えたウルル。皆をフォローするように動き回るミュウと、空《あ》いたスペースに石を撃《う》ち込むクルル。セルカさんとネーレさんも隙を窺《うかが》ってる。

前衛が総攻撃を仕掛けている今なら、スキルの情報をケン君から聞き出す時間くらいはあるはず。どのみち私の魔法は、前衛がいる状態での攻撃には向かないし……【ライトチェイン】はまだ機能してるし……

「ケン君、魔人を倒せるスキルとか持ってない？」

「え!?　なんすかいきなり!?」

「いいから答えて。時間がないの」

……雑な聞き方になっちゃったのは仕方ない。あまり悠長にもしてられないからね。このままだと私たちが負けちゃうし……さぁどうかな？　ケン君は少しだけ黙り込むと口を開いた。

「……あるには、あります。ただ……」

「ただ？」

「使うのにものすごい時間がかかって、しかも、武器が持たないので、一度きりしか使えないんです」

「えぇー……」

……うーん。一発限定で、しかも時間がかかる……そんなの撃《う》ってる余裕あるかな。

ケン君がオルカさんのスパルタ訓練を受けてるときに、その魔法は偶然発動したらしい。といっても完全に発動したんじゃなくて、溜《た》めが長すぎて途中で止まったんだとか。

しかも、武器にヒビが入るおまけつきで。……なにそれ？

……と、ケン君がなにかに気づいたように顔を上げた。

「……あ。ミサキさん、コウカ魔法とか使えませんか？」

「コウカ魔法……って？　なんの効果があるやつ？」

「そうじゃなくて、硬くする魔法です。名前まではわからないですが……オルカさんがちょろっと漏らしていたのを聞きました。武器の耐久値を上げるとかって……」

「へぇ……そんなのあるんだ……」

……コウカ、って〝硬化〟のことか。うーん……そんな魔法あるかなぁ……まだ使ったことない魔法は結構あるけど……

……ものは試しって言うし、それっぽい魔法を適当に使ってみればいいんじゃない？

「確か……【インドゥレイ】」

魔法を唱《とな》えた瞬間、私の杖に白い幾何学模様《きかがくもよう》が何重にもまとわりついた。……なにこれ。

と思ったら、ケン君がズビシィッと私の杖を指差した。

「あぁぁ！　それですソレ！　硬化魔法！」

「え？　コレ!?」

そんなに簡単に見つかるものなの？　いや、私のスキルだけどさぁ……

……知らないこと多いな、私……まだ自分のスキルを完全に把握《はあく》してない辺り、ケン君のほうが真面目なんじゃないかと思えてくる。ケン君、半日足らずで、もうスキルをバンバン使えてるからね。

「それ俺の剣にも使ってください！」

ケン君は興奮したように、剣をぶんぶん振り回しながら近づいてくる。危ないって……

「……持ってるものにしか発動しないみたいなんだけど……」

ケン君の剣に照準を合わせたかったんだけど、この魔法は唱《とな》えてもマーカーが出なかった。代わりに、私が持ってた杖がこうなったんだ。

「あ、スミマセン！　お願いします……」

私の言葉に、ケン君は宝物でも扱うかのように剣を差し出してきた。

「そんな仰々《ぎょうぎょう》しく差し出さなくても……【インドゥレイ】！」

「ありがとうございます！」

……てかこれ、結構使える奴なんじゃ……

「武器が硬くなるなら、いっそ皆の分も……」

「じゃあ俺が伝えてきます！」

「え？　あ……」

……行っちゃった。う〜ん……ここからでも普通に声は届くし、ケン君には必殺技の準備をしてほしかったなぁ……発動に時間がかかるとか言ってなかったっけ。

……とか考えてたら。

「うぉわ!?　あっぶなぁ!?」

魔人がまた、私に向けて魔法を撃《う》ってきた。あとちょっとしゃがむのが遅れていたら、顔直撃コースだった。……って、いつの間にか【ライトチェイン】の拘束解けてるし！

……うん？　なんか魔人の様子がおかしい……

「ミサキ、便利な魔法があるんだって？　ケンに聞いたよ」

「オルカさん。あの、魔人は……」

「さっきまで攻撃してきてたんだが、また動かなくなったのさ。たまに魔法は撃《う》ってくるんだけどねぇ……ピクリとも動かないから、腹立ってぶん殴ってやったってのに……さっぱり効きやしない」

……だよね。魔人は遭遇したときみたいに動かなくなった。……ほんと、謎だらけなんだけど。オルカさんに続いて、皆も戻ってきた。

「……まぁ、今はありがたいのかな……武器貸してください」

「ん？　はいよ」

私が言うと、オルカさんは首を傾げながらサーベルを渡してくれる。

「ありがとうございます。……【インドゥレイ】！」

動かないのなら、私たちは存分に準備をさせてもらうよ。まずは全員分の武器に【インドゥレイ】をかけて硬くする。ウルルのハルバードなんて刃こぼれしすぎて、ボロボロだったからね。それだけ戦ったっていう証明なんだろうけど。

次は回復だね。

「【エリア・ヒール】！」

「んー……ありがとミサキ」

「疲れがとれるっす……」

全員集まってるから【エリア・ヒール】で十分だった。疲労回復もできて一石二鳥《いっせきにちょう》。

それはそうと……大きく伸びをするミュウも、ふにゃっとした表情のリーズさんも……温泉に浸《つ》かってるようにしか見えないのは気のせいかな？　……そういえば前にウルルが、私の魔法はあったかいとかなんとかって……もしかしてお湯に近いの？

……まぁいっか。あとでミュウに聞いちゃおう……

私が【シールド】と【リフレクト】、それと【リジェネ】をかけ直してると、腕を組んだオルカさんが魔人を眺めつつ声を漏らす。

「さて……どう攻めたもんかねぇ……」

「武器が硬くなっても、結局ダメージを与えられないんじゃ意味ないっすね」

自分の武器を見ながら話すリーズさんも、魔人を見て深いため息をついた。

……そう、硬化魔法って言っても、多分その効果は武器……というか、触《ふ》れたものが硬くなるだけ。切れ味とか威力とかは全く変わってない。つまり、結局魔人は斬れない。

だけど、一瞬忘れていた、あの作戦があるよ。

「あー、それなんですけど。ケン君が必殺技を使います」

「え!?」

「……なんで驚くの」

……まさかケン君に驚かれるとは思わなかったよ。さっき魔人に対抗できそうな技があるって、自分で言ってたじゃん……

……なんとかできそうならいいんだけどね？　ケン君、どこか頼りないからなぁ……

「いや、確かに言いましたけど……当たるかどうかも……」

「その辺りはなんとかするし……」

「気を引くくらいなら、いくらでもやってやろうじゃないか」

ものすごく自信なさげなケン君を、私とオルカさんが説得（?）する。うじうじしてると好感度下がるよ、ケン君。それとも、もう一回オルカさんの特訓する?

私がそう思ってると、ケン君はなぜかあとずさって顔を青くした。

「わかりました、わかりましたから。ミサキさん、ワキワキするのやめてください」

「おっと……」

いけない、心で思うだけのつもりだったのに。無意識に手が動いてたみたい。

……ケン君がやる気になったのなら、まぁいいかな。若干脅《おど》しが入ったのはご愛敬《あいきょう》ってことで……

ケン君は諦めたような、決意したような……不思議な表情になった。

「……はぁ……【セイント】っていう魔法を使います。発動に一分くらいかかるので、その間、魔人の気を引いてください」

「結構かかるね。まぁやれって言ったの私だし、頑張るけど」

皆のほうを見ると、大きく頷いてくれた。一分なら、また魔人が動き出してもなんとかなりそう。問題は、ケン君が攻撃を当てる瞬間に動きを止めなきゃいけないってことだけど……それは私の役目。

「どれ、あのムカつく魔人に一泡《ひとあわ》吹かせようかねぇ」

「そっすね。一発デカいのかますっす」

オルカさんとリーズさんが武器を構える。魔人との距離はだいたい三十メートル。魔人はまだ、案山子《かかし》みたいに動かないけど……近づいたらどうなるかはわからない。……けど、まぁ反撃はしてくるよねぇ……

「よーし……じゃ、さくせ……」

「なんだぁ？　魔人っつーのは意外と小せぇな！」

「……ふん、伝説も大したことはないな」

今の、オルカさんが号令をかけようとした瞬間、聞きたくなかった声が聞こえた。

謎の自信に満ち溢《あふ》れた声は……

「……やはり、冒険者はこの程度か」

「情けねぇなぁ、オイ！」

……出た、慢心召喚者セット。内訳は賢者と武術師範です……いらないなぁ。

この人たちはなんでこう、出てくるタイミングが致命的に悪いのか……狙ってるとか言わないでよ。

……しかもさらに質《たち》が悪いのが……

「『助けに来たぜー！』」

「『賢者も連れてきたからなー！』」

……お付きの冒険者を、たくさん引き連れてきたこと……彼らはきっと、賢者と武術師範が戦えないことを知らないいんだろうなぁ……

「お？　あれが魔人か！」

「倒しゃ英雄だろ？　やるか？」

「当たり前《め》ぇだろ！　一生遊んで暮らせる金もらえんだぜ？」

「賢者に言われたからなぁ！」

……はい？　ちょっと待って。冒険者たちは今なんて……魔人を倒せば英雄？

慌《あわ》ててオルカさんを見ると、驚いた表情のまま首を横に振った。そりゃ、今まで戦ってた人からすれば、冒険者たちが戦うのは、ましてや倒すことなんて、不可能に思うに決まってる。

……うん？　賢者に言われたって言ってたよね……？　まさか……

「……ふん」

やっぱりかぁっ！　この人……ササキさんが冒険者を焚《た》きつけたんだ！

騒ぐ冒険者たちを見て嘲《あざけ》るように笑ったその顔を、私は絶対に忘れない。なにが賢者ですか……自分が戦えないからって、冒険者を使うなんて。

集まった冒険者たちは、待ち切れなくなったのか突撃を始めた。

「「「うぉぉぉ!!」」」

「!?　待ちな、アンタたち！　行くんじゃやない！」

「「「よっしゃぁぁぁ!!」」」

オルカさんの引き留める声は全く聞こえていないよう。賢者の甘言《かんげん》に釣られた冒険者たちは、一斉に魔人へと攻撃を開始した。隣のミュウが手を握り締めて息をのむ。

「……っ。ミサキ……」

……ごめんねミュウ。あの人数を、私の【シールド】で守るのは無理。どんなに高性能な魔法だったとしても、さすがに何十人もの人にかけることはできないから。

『……』

魔人が放った火球の爆発で数人が吹き飛ぶ。

「「「ぐぁぁぁっ!?」」」

密集していればいるほど、一発で被害が増えてしまう。……わかってる、敵《かな》うわけないって。

「ちぃっ！　あの馬鹿ども！」

「これじゃ魔法も撃《う》てないぞ！」

オルカさんの苦虫を噛《か》み潰したような表情も、セルカさんの悲痛な声も、どこか遠く感じる。

「……冒険者が……もう少しスマートにできないのか……！」

「俺らもやるかぁ？」

苛立《いらだ》ったような賢者の声と、この期《ご》に及《およ》んでなお、能天気《のうてんき》な武術師範の声。……あぁそうか……この人たちはまだ、日本にいるんだ。この世界が、ゲームかなにかだと思ってるんだ。

「「「あぁぁ!?」」」

魔人の魔法で、多くの冒険者たちが吹き飛ばされる。

冒険者は……人は駒《こま》じゃない。戦えば普通に怪我するし、最悪死んでしまうことだってある。この世界には魔法なんてものがあるけど、それは現実。

「コイツ強ぇぞぉ!!」

案の定、あっという間に戦線は崩壊した。突撃した冒険者でまだ立っている人は半分になっていて、その人たちも散り散《ちぢ》りに逃げ惑う。

「賢者ぁ！　助けてくれぇ！」

そしてその懇願《こんがん》によって、さらに悪いほうへと状況が傾いた。

「……コンドウ。思い切り殴ってこい」

「はんっ！　ザコにゃ任せておけねぇなぁ！」

武術師範が、無謀な突撃を仕掛けてしまった。倒れた冒険者を飛び越えながら、魔人の正面から大胆に突っ込む。

魔人は動かなかった。武術師範が大きく腕を振りかぶって、無防備な魔人の胸にこぶしを叩き込む。

「おぅらぁ！　……あ？」

……でも、当然というべきか魔人は全くの無反応。むしろ、攻撃した側の、武術師範の籠手《こて》が壊れて破片を散らす。

『…………』

魔人が、自らの爪を振りかざした。

「……がっ……」

硬い壁にこぶしを打ちつけたような姿勢で固まっていた武術師範は、遥《はる》か後方へと吹き飛ばされた。冒険者たちは、その光景を呆然と見ているだけ。

「コンドウ！　……ちっ」

『……』

気づけば、魔人の視線は舌打ちしている賢者に向けられていた。

「……は？　がぁあっ⁉」

そのまま魔人は、離れたところにいる賢者に火球を放つ。飛ばされた武術師範を見ていた賢者は、反応が遅れて火球の直撃を受けた。

「……そんな……このままじゃ……」

「ササキさん⁉　コンドウさん⁉」

ミュウが呆然と呟き、ケン君が焦《あせ》ったような声で叫ぶ。なす術なくやられた二人を見て、彼らを信じていたっぽい冒険者は、蜘蛛《くも》の子を散らすように逃げていく。

『…………』

魔人は、倒れ伏した賢者に追い打ちをかけるつもりなのか、ゆっくりと移動を始めた。このまま放っておいたら、間違いなくあの人は死んでしまう。

「くそっ！　リーズ、あのアホを助けるよ！」

「了解っす！」

オルカさんとリーズさんが駆け出したけど、もう間に合わない。

……なんだか無性にイライラする。さて、このやり場のないイライラは……ふぅ、あなたで発散しようかな、魔人さん。

「一回も使ったことないけど……〝聖域〟なんて名前なんだから、強い魔法でいてよね！【サンクチュアリ】！」

怒りに任せて使った【サンクチュアリ】。この魔法を唱《とな》えた瞬間、私の足元に白い魔法陣が広がった。あっという間に五十メートルほどに広がった魔法陣は、回転しながら輝きを増す。幾何学模様《きかがくもよう》が立ち上がり、魔法陣の外縁を囲むように、ドーム状の結界ができあがった。

魔人だけが魔法陣によって結界の外に弾き出される。駆け出していたオルカさんたちが、急な出来事に驚いて足を止めた。……迫っていた魔人がいきなり吹き飛べば、そうなるよね。

「【エリア・ヒール】！」

続けて私が使った【エリア・ヒール】は、今まで見たことがないような強い光で、結界ギリギリまでの広い範囲で効果を発揮《はっき》した。賢者と武術師範も含めた全員がまとめて回復する。でも、賢者と武術師範は気絶したまま。まぁ、息はしてるみたいだから、大丈夫だよね。

「……ミサキ？」

「ごめんね、ミュウ。ちょっとやりすぎたかも……」

「ううん！　すごいよ！」

ミュウは一瞬唖然《あぜん》としていたけど、すぐにキラキラした表情になった。これは……チートが本格的に目覚めた……？　……いや、使った私が一番驚いてるんだけど……

……いや、それはもういいや……今はあの魔人をボコる。そのためには、皆の力が必要不可欠。

「ねぇ皆、アイツ吹っ飛ばしたいんだけど……力、貸してくれない？」

「もちろん！　なんだってするよ！」

「ミサキ悪い顔してるー。楽しそー！」

「ん、本領、発揮《はっき》。ミサキは、強い」

ミュウが、ウルルが、クルルが言う。皆こんな状況なのに笑顔だし。まぁきっと、私も黒い笑顔になってるような気がするけど。

さてあとは……あぁいた、ケン君。

「……ケン君」

「は、はははいぃ！」

……なんでそんな焦《あせ》る……ちょっと顔赤いし。陽気な人の笑い声みたいな返事になってるよ？

「必殺技の準備して！　すぐ終わらせたいから」

「……！　はい！」

でも、ちゃんと私が言いたいことは伝わったっぽい。この攻撃で、魔人との戦闘に終止符《しゅうしふ》を打つ。

周りの冒険者にめちゃくちゃ見られてるけど……もう視線とか気にしてる場合じゃない。そもそも、【サンクチュアリ】を使った時点で既《すで》に手遅れだもん。

「ミュウ、ウルル。効かなくてもいいから、全力で魔人を叩いて」

「「了解！」」

……ほんの少しだけ、ケン君の魔法の準備が終わるまでの間、魔人の気を引ければそれでいい。

「クルル、ミュウとウルルが魔人にたどり着く前に、〔爆発水薬《バーストオイル》〕を乱射して」

「ん、了解」

こっちは完全に嫌がらせ。結界の中から大量の爆弾が飛んでくるという、ウザさマックスの作戦。少しだけ憂《う》さ晴《ば》らしがしたくなったんだよね。

「始めます！　……【チャージ】、【セイント】！」

ケン君の魔法発動の声に合わせて作戦開始。まずは私の支援魔法、四連発！

「【シールド】、【リフレクト】、【リジェネ】、【インドゥレイ】！」

支援を受けたミュウとウルルが、左右に分かれて走り出す。

――――ドォッドォッドォッドォッドォォォオンッ!!

そして、クルルが過去最速の爆弾乱れ撃《う》ちを披露《ひろう》……見事な狙いで全て魔人に当てた。

『…………』

魔人はゆらゆらと動いてクルルの射線を外そうとする。

――――ドォォォンッ……

「……命中」

まぁ、クルルにそんなの関係ないんだけど。その程度で躱《かわ》せると思わないでね。

『……』

頭に爆弾の直撃を受けた魔人は爪を振って火球を作り出した。さっきまでなら、慌《あわ》てて逃げてたところなんだけど、【サンクチュアリ】がある今は、その必要もない。魔人が放った火球は結界に触《ふ》れた瞬間、不思議な音を立てて全て消えた。……結界すごくない？

「うりゃぁー！」

「やぁっ！」

魔人の背後に回ったミュウとウルルが、タイミングを合わせて斬りかかる。残念ながら火花が散るだけだったけど、魔人の気を引くのが目的だからこれでいい。

「【ライトチェイン】！【フォトンレイ】！」

私は光の鎖《くさり》で魔人を拘束して、【フォトンレイ】を撃《う》ってみた。貫通力のあるレーザーなら……って思ったけど、光は魔人の体を滑《すべ》るように流されてしまった。魔法まで効果が薄いなんて……

「やっ！……わぁぁ!?」

……あ、ミュウの剣が真っ二つに折れた……《魔獣暴走《スタンピード》》も含めて、度重なる激しい戦いをここまで頑張ってくれたミュウの相棒は、このたび天寿を全《まっと》うされたようです……さすがの硬化魔法も耐えられなかったっぽい……

「ううぅ……悔しぃ」

「ミュウ、あとは下がって！　武器なしじゃ危なすぎるよ！」

「……うん！」

ミュウ本人は、ものすごく悔しそうだけれども。長さが半分になった剣で、これ以上頑張らなくてもいい。それに……

「うぉりゃあー!!」

……まだウルルが戦ってる。

結構乱暴に扱ってるように見えるハルバードは、なぜかおかしな耐久性を発揮《はっき》して、いまだ現役。激しい火花を散らして何度弾かれても、決して折れることはない。……ウルルは武器まで硬いのかな？

……そして、約一分。

「準備、できました。いつでもいけます」

「……うん」

遂にケン君のチャージが終わった。ゆらゆらと揺《ゆ》らめく赤光《しゃっこう》を剣にまとわせている。僅《わず》かに肩で息をしながら、ケン君は静かに魔人を見つめていた。

「クルル、ウルルの離脱に合わせて〔爆発水薬《バーストオイル》〕を撃《う》って。目くらましのために」

「ん、了解」

今日一日、大活躍の爆弾。クルルが持ってる数は気になるところだけど、まだありそうだね。最後の役目、よろしく頼むよ。そして私は、ケン君のほうに向き直る。

「ケン君、タイミングは任せるよ」

「……はい！」

さぁ、勝負だ魔人！　もうそんな余裕じゃいられないからね！

まずはウルルを離脱させ……え？

ドォオンッと大きな音がして、〔爆発水薬《バーストオイル》〕が爆発する。

「ぬわぁー!?」

ウルルの叫び声が響き渡った。

……なんでウルルの離脱前に撃《う》っちゃうかな、クルル！　今日この光景、何回目よ！

あーもう！　ツッコんでる暇なんかないのにぃ！

「【ライトチェイン】！」

「……発射」

私の魔法とクルルの爆弾が魔人に炸裂《さくれつ》。拘束はすぐ破られるかもしれないけど、少し時間稼《かせ》ぎができれば十分。もうケン君の準備は整ったから。

「……【セイント】」

静かな呟きとともに、ケン君が赤く発光する剣を振り下ろす。

瞬間、大きな炸裂《さくれつ》音と同時に、視界が赤い光に埋め尽くされた。

『……!!』

それまで反応らしい反応を見せなかった魔人が、確かに驚いた様子を見せた。

一瞬、眩《まぶ》しい光が広がって、消えていく。……っと？　マジですか……

『…………』

「なっ!?　まだ生きて……」

ケン君が地面に座り込んで、呆然と呟く。……なんと、倒したと思った魔人がまだ生きていた。

地面に走る亀裂《きれつ》……というか斬撃《ざんげき》の跡。深くまっすぐに刻まれたそこから、魔人はちょっとだけ横に避《よ》けていたらしい。右半身と右の角は消し飛んでいるのに、左手に火球を浮かべた魔人はまだ生きている。

……ケン君はダウン、ミュウは武器がないし、他の冒険者はまだフリーズしてる……もう強い攻撃を与えられそうな前衛はいない……あれ？

「そぉーいっ！」

ゴシャッという妙な音がする。

……ウルルが魔人の首を飛ばした。

「「「!?」」」

私たちは驚きのあまり目を見開く。……そういやあの子、さっきクルルに吹き飛ばされてたけど、あの程度で戦闘不能にはならないんだった。〔爆発水薬《バーストオイル》〕でウルルは倒せない。……ウルルも魔人な可能性が……ないかな。

瀕死《ひんし》だったからか、魔人のあり得ない耐久性はなくなっていたみたい。だから、ウルルの攻撃が通ったんだろうけど……

「倒したー!!　うぇーい！」

「……あはは」

おいしいところを持っていったウルルが、大の字になって全身で喜びを表しながら、どこかへ走っていく。私の口からも自然と笑いが漏れた。

なんとも締まらない魔人の最期《さいご》……ウルルに首を飛ばされた魔人は、ポカンとしたような表情のまま倒れた。……て、敵ながら、ご愁傷様《しゅうしょう》です……

「……やったの？」

「ん、魔人は、私たちが、倒した」

まだ実感がわかないのか、ミュウがポツリと呟いた。クルルがそんなミュウの肩を叩きながらうんうんと頷く。

「ウルルに持ってかれちゃったけどね……」

喜んでいいことなんだろうけど……私にも実感がないんだよね……。

――――パリィィン……。

効果時間が切れたのか、私の集中力が切れたのか……【サンクチュアリ】が無数の破片に姿を変えた。

「……結界が……綺麗……」

夕日に反射する破片は確かにとても綺麗で、ミュウがうっとりとした表情になるのもわかるような……私の魔法なんだけどね。

「「……………おぉぉぉ!!」」

「「「よっしゃぁぁぁ!!」」」

ようやく実感が持てたのか、周囲の冒険者たちが一斉に歓喜の声をあげた。爆発音にも負けないくらいの歓声が響き渡る。

帽子やスカーフを空に投げる人や、踊り出す人もいる中、ミュウがにこりと微笑む。

土や泥にまみれていても、どこか爽快さを感じるなぁ……

「わぁ……すごい歓声。皆、嬉しそう」

「まぁ、魔人を、伝説の勇者が倒したんだもんね」

実際に止《とど》めを刺したのはウルルだけど、魔人を瀕死《ひんし》に追い込んだのは結局ケン君……つまりは勇者だったし。私たちだけでは、討伐なんてできなかったはず。

と、クルルが私の袖を引っ張った。どうしたの？

「……ウルル、探して、くる」

「あーうん、任せるよ。でもこの人混みじゃどこにいるかわかんないなぁ……」

「その辺は、大丈夫」

クルルは迷わず大勢の冒険者の間をすり抜けていった。……双子にはわかるなにかがあるのかな、ってくらいスイスイ進んでいって、あっという間に見えなくなった。

一方、ケン君の周りにもたくさんの冒険者が集まっている。……けど、なんで男の人ばっか集まるんだろう……

「やるじゃねぇか勇者ぁ!!」

「スゲェ一撃だったなァ！」

「祝杯だぜぇ!!」

「あ、ちょ、あぁぁぁぁぁ……」

……ケン君は、ゴツいおじさんたちに神輿《みこし》のように担《かつ》がれて、どこかに消えた……疲労でろくに動けないはずだけど……さっき祝杯とかって聞こえたね。こっちじゃお酒は二十歳から、なんて決まりはないだろうし……頑張ってねケン君、きっと飲まされるだろうから。

そんなケン君を見守りながら、私はミュウに話しかける。

「なんか私たちは目立たないね、ミュウ。結構派手に戦ったつもりだったけど」

「え？　んー……そうかなぁ。ミサキは目立ってると思うけど……」

……え？　そんな自覚ないんだけど……

「でも私、もみくちゃになったりしてないよ？」

「それはほら……ミサキの魔法がすごいから、皆、近づけないだけなんじゃ……」

「えぇぇ……」

え？　私ってそんな、触《さわ》るなキケン！　みたいな存在だと思われてるの？　私、劇薬でも爆弾でもないんだけどなぁ……

ミュウが祈るみたいに手を組み合わせながら続ける。

「わたしもね、ミサキの魔法はすごいなって思ったよ。綺麗で、とっても暖かくて、優しくて力強い……んー、うまく言えないや」

「そ、そんな大げさな……」

「大げさじゃないよ。わたしも助けられたもん。それに冒険者だっていっぱい助けたし、ミサキはすごいんだよ！」

フンスッと鼻息荒く語るミュウ。

……にしてもこの瞳のキラキラ具合……初めて私が異世界人だって明かしたときに、とても似てる……少し言いすぎな気もするけど、ミュウはそれだけ私を評価してくれてるってことなのかな？　面と向かって言われると恥ずかしいけどね。

「いいこと言うじゃないか、ミュウ。アタシも同じだね」

「ウチもっす！　すごい魔法だったっすね！」

「オルカさん⁉　リーズさんに、皆さんも！」

そこにオルカさんのパーティーの皆さんがやってきた。セルカさんとネーレさんも晴れやかな笑顔で続ける。

「すごかったわねぇ。私たちの出番はなかったわぁ～」

「結局最後まで助けられたな……ありがとう」

こ、こんなベテラン冒険者さんにまで褒《ほ》められるなんて……

「いえ、私だけじゃどうにもならなかったので……」

お礼なら、他の皆にもお願いします。私だけの力じゃないと思うから。

ミュウも、ウルルも、クルルも……ケン君も。多分誰かが欠けてたら、うまく進まなかったはず。

「……それもそうだな。だが私たちがキミの魔法に助けられたのも事実。賛辞《さんじ》は受けとってほしいな」

「……はい！」

私としても、称賛《しょうさん》されて悪い気はしないし、セルカさんの言葉をありがたくいただく。

セルカさんはそのまま私の隣にいたミュウにもお礼を言う。ミュウは高速お辞儀《じぎ》返しを披露《ひろう》してた。ミュウ、いまさら緊張してるんだね……

……と、するりとセルカさんに忍び寄ったネーレさんが、悪戯《いたずら》っ子っぽい表情を浮かべる。

「もう、セルカったらお堅《かた》いんだから～。約束してたお菓子、楽しみにしてるわよぉ～」

「……それとこれとは話が別だ！　今言うことか⁉」

「そんな⁉　約束をふいにするっすか⁉」

セルカさんの台詞《せりふ》に、リーズさんが反論する。

「お前も便乗するな！　まだ奢《おご》るって言ってなかっただろ！」

リーズさんは、ガーン……って効果音がつきそうなほど、わざとらしく落ち込んだ。

言うだけ言って逃げたネーレさんを、セルカさんが杖を振り回しながら追いかける。

なんか締まらないけど、この人たちはこういう賑《にぎ》やかな光景がよく似合う……あ、ネーレさんが捕まって、はたかれた……セルカさん、意外と足速いなぁ……

オルカさんはため息をついたあと、私のほうに向き直る。

「ったくアイツらは……《魔獣暴走《スタンピード》》は、もうあらかた片づいたからね……アンタらは先にギルドに戻って、バージェスに報告してくれ」

おっと予想外。

「え？　帰っていいんですか？」

「もちろんさ。ついでに魔人の頭でも持っていったらどうだい？　アレを倒したのはウルルだろう？　ケンはまだ帰れないだろうしねぇ」

……確かに。さっき冒険者たちに拉致《らち》されたケン君は、しばらく戻ってこられないでしょ。それと、魔獣は倒した人のモノ……っていうマナーが、魔人にも適応されるとは思ってなかった。てっきり冒険者全体の功績になると思ってたから。

ありがたく持っていこうかな……と考えていたそのとき、私の背後からいきなり声がした。

「ただいま」

「うぉわ!?　クルル……って、ウルルはどうしたの!?」

「ん？」

声の正体はクルル。で、なんとクルルは、ウルルを背負っていた。だらんと伸びたウルルを荷物に引っかけるようにして担《かつ》いでいるから、一瞬人形かなにかだと思ったよ。

で、そのウルルはといえば……

「くー……くー……」

「寝てた。起きない、から、こう……乗せた」

「んー……よく寝てるねぇ、ウルル」

クルルにあっちこっち振り回されてるのに、起きる気配《けはい》がない。疲れたらすぐ寝られるウルルがちょっと羨《うらや》ましい。

ちなみに、ウルルのハルバードはクルルが持っていた。振り回すのは無理でも、こうして持ち運ぶことはできるんだとか。さすが、力持ちのコートン姉妹。

オルカさんがくつくつと笑いながらウルルを指す。

「くっくっく……ウルルは疲れたみたいだねぇ。クルル、代わりに魔人の首持って戻りな」

オルカさんの言葉に、クルルはちょっとドヤ顔をする。

「ん、抜かり、ない……持って、きた」

「おや、さすがだねぇ。それは金の塊《かたまり》だよ。しっかり持っていきなね」

「……ふふ」

クルル、いつの間に……それにしても、オルカさんとクルルの会話が、やっぱり裏取引の現場っぽいんだよねぇ……滅多《めった》に表情の変わらないクルルが、口を三日月形にして笑っていると、なおのこと。笑顔が怖いっていうのは、こういうことを言うのかな……

まぁ、それは置いといて、私たちはギルドに戻ることに。

……っていっても、もう日が沈む寸前で暗かった上に、戦っているうちに現在地がわからなくなっちゃったから、結局リーズさんに南門まで案内してもらったけどね……

この世界の王都は、日が落ちるとものすごく暗い。幸い私には魔法があるから、さほど問題じゃないけどね。

「【エミスト】！　……街灯がないのは不便かなぁ……」

「ミサキ、ガイトウ……ってなに？」

ミュウが首を傾げて問う。そっか。この世界には存在しないもんね。

「あー……暗くなると道を照らすライト、かな……元々私がいた世界にあったんだよ」

「へぇー……いいなぁ」

ミュウは街灯に興味を持ったらしい。日本にいた頃は当たり前だと思ってたけど、こうして暗い道を歩くと、そのありがたさがよくわかる。光る杖だけじゃ、どうしても照らせる範囲が限られるからね……

「あ、着いた」

「うん？　もう？」

ミュウが突然足を止める。あれ……ギルドってこんなに門から近かったっけ？　まだそんなに歩いてないと思ったけど……でもクルルの指すほうには、ランタンに照らされるギルドの看板がある。もしかしたら、体力がついて早く歩けるようになったのかも。

まぁいっか……まずは報告しないと。

「へぶっ!?　いったぁー!!」

「……あ」

ギルドに入るとき、クルルが背負っているウルルの頭が、壁にぶつかった。鈍《にぶ》い音とウルルの叫びが響いて、ギルドの職員が私たちに気づく。

「おう、ミサキ！　伝令から聞いてるぞ！　早速頼むぜ！」

「マスター……説明が足りませんよ。えーっと、奥の部屋で報告してください。お疲れでしょうから、今日は簡易的なもので構いません」

なぜか職員に混じってカウンターにいたギルドマスターのバージェスさんと、すっかりお馴染《なじ》みになった受付嬢さんに手招きされる。

「わかりました」

で、通されたのはカウンター奥の小部屋。冒険者登録をしたところね。

私たちと対面するように座ったバージェスさんが口を開く。

「まずは、ごくろうと言っておこう。伝令からの報告では、魔人が出たとあったが……」

「ありがとうございます。魔人は……出ましたね」

うーん……やっぱりまだ信じてない感じだなぁ、バージェスさん。まぁいきなり魔人が出たって言われても、信じられないのもわかるけど……

「クルル、アレ出して」

「ん、わかった」

クルルが、テーブルに麻袋《あさぶくろ》をドンと置く。

「ん？　これは……ほあぁぁ!?」

……確実な証拠、魔人の首。真っ黒で、角とかいろいろ生えてるから……首って認識は薄いんだけどね。

麻袋《あさぶくろ》に入ったソレを見た瞬間、バージェスさんは奇声をあげて椅子から転げ落ちた。あちこちにぶつかってものすごい音を立ててるけど……だ、大丈夫かな？　棚《たな》に入ってた書類とか花瓶とか、いろいろ落ちたけど……

「あ、あのぅ……」

「……はっ!?　ス、スマン……取り乱した」

「いえ……」

……バージェスさんが元に戻った。のたうち回ってたせいで、埃《ほこり》とか花瓶の水とか、いろいろ被《かぶ》ってるけど。ついでにお部屋も大惨事《だいさんじ》。台風でも通ったのかな？

……服についた埃《ほこり》をはたいたバージェスさんは、改めて椅子に座って話し始めた。

「スマン……なにぶん、伝説級のモノが目に前にあるもんでな……どんな魔獣よりも強い力を感じるぞ……」

「実際強かったですからね」

私は頷く。あんなのとは二度と戦いたくないって思えるくらいには強かったよ。物理攻撃も魔法も効かないとか、とんだ化け物だったよ、全く……

「だがこうして首を持ってきたということは、キミたちが倒したのだろう？」

「まぁ……止《とど》めはウルルが刺しました」

私の言葉に会心《かいしん》のドヤ顔のウルル。嘘は言ってない……止《とど》めを刺したのは間違いなくウルルだし。

「そ、そうか……報酬の計算は少し待ってくれるか？　前代未聞《ぜんだいみもん》すぎてすぐには計算できん。明日のオルカの報告と併《あわ》せて払う」

「わかりました」

「助かる。今日のところはゆっくり休んでくれ」

……そう言うとバージェスさんは魔人の首とにらめっこを始めた。

私たち以外の冒険者はまだ残っていた魔獣と戦ってるし、今は報酬を払えないのも当然だよね。

ギルドを出ると、既《すで》に空には星が見えた。

「つっかれたー。あー……眠ーい」

「材料と、瓶と、装備……消費が、大きい」

さすがのウルルも、もうヘトヘトみたい。クルルも〔爆発水薬《バーストオイル》〕でたくさん戦ってくれたもんね……

「んー……皆ボロボロだねぇ……」

「ミュウは、剣折れちゃったね……」

一日中魔獣と戦って、おまけに魔人まで現れて。皆の装備は泥と埃《ほこり》にまみれていた。私のはそうでもないけど、前衛だったミュウとウルルの装備は、特にひどい。

まぁ、それだけ激戦だったたっていう証拠なんだけどね。

「あー……鎧《よろい》、壊れたんだったー」

いまさら自分の格好に気がついたのか、ウルルがガクッとうなだれる。

「問題、ない……報酬、もらったら、いくらでも、買える」

クルルは目をキラキラさせて言いながら、そんなウルルの肩を叩いた。そりゃ報酬もらえば、確かにいくらでも買えそうだけどね……

「明日は……どうしよっか」

さすがにドロドロの装備着ていくわけにはいかないし……

「んー……とりあえず今日はコレ洗って、明日は私服で我慢、かなぁ」

「洗う……!?　うわ、めんどくさー!!」

ミュウの答えに、うなだれていたウルルがカッと目を見開いて頭を抱えた。まさに全身で、めんどくさいっていうのを表現してる。

「乾かす、だけなら、なんとか、なる」

そう言ってクルルがバッグから取り出したのは、コードのないドライヤーみたいなモノ。……もうツッコむのも疲れたけど、ホントにそのバッグには、なにが入ってるの？

「クルル、それは？」

ミュウも見たことがないモノ……危なくないよね？

「風が、出る、魔道具」

クルルがドヤ顔でドライヤー風の道具の説明をする。

魔道具……前にミュウから聞いたことがある。確か、道具に魔法陣を刻んだもので、貴重で高価なハイテク道具、だっけ。なんでクルルがそんなものを……

「家から勝手に持ってきた奴だー。怒られるんじゃないかなー？」

「……問題、ない」

……フイッと目を逸《そ》らしたクルル。ウルルが勝手にとか言ってたし、多分持ってきちゃマズかったんじゃないかな、それ。ていうか、コートン家って魔道具あったんだ。

「……か、乾かすのは、問題、ない」

クルルは強引に話を進めるつもりらしい……皆も、疲れてるからだと思うけど、これ以上の追及はしないっぽい。

「んー、でも結局、洗うのは自分なんだよねぇ……」

ミュウがため息をつきながら自分の服を引っ張る。

「……ん、ミサキは、大変」

「うん？」

と、クルルがなんか不穏なことを言った。私が大変ってなんで……あ。……私の装備はほぼ白一色。つまり……乾燥は魔道具でできても、手洗いするしかないこの世界で、この汚れを？　誰が？　……私が。……クルル、洗濯機みたいな魔道具とか持ってないかなぁ……

「？　ミサキ、どうかしたの？」

「……ううん、なんでもない……」

……私が密《ひそ》かに絶望していたのをミュウに気づかれた。頑張ろう……こういうことも冒険者にはつきものだろうし……

宿に帰った私たちは、とりあえずシャワーでさっぱりする。シャワーはあるのに浴槽がないのは不満だけど……ないものはしょうがない……。そのあとは洗濯物と格闘……夕飯になに食べたかも覚えてないし……《魔獣暴走《スタンピード》》って終わったあとも大変だよ……

その日は皆一瞬で入眠。ウルルは電池が切れたように動かなくなって、クルルも荷物の整理すらせずにベッドに沈んだ。ミュウもいつの間にか寝てたし、私もそれを確認した辺りから記憶がない……疲れって怖いね。

……で、翌朝。

皆は平気だったのに、一人だけ筋肉痛に苛《さいな》まれた私……だけど、【ヒール】をかけたら、すっかり元通りになった。いやぁ、やっぱり魔法ってすごい……なんならいつもより体が軽いもん。

そして、ウルルを叩き起こしてからギルドに向かう。

……ウルルの鎧《よろい》は、朝早くに起きたクルルが、ある程度使えるように直していた。……すごいなクルル。

ミュウがなにかに気づいたように手を叩いた。

「んー……ミサキは今日、髪型違うんだね。なんか新鮮」

「そう？　まぁ、たまにはいいかなって。似合う？」

「うん！　すごく可愛い……似合うよミサキ！」

そうなのです……今日の私はポニーテールなのです。……なんて、ただ寝癖が直らなくて、苦肉の策でこうしたんだけどね……まぁ、似合ってるならいっか……

……ちなみに。ずっと気になっていたミュウのはねっ毛は、寝癖じゃなくて自然になったんだとか。いくら直しても直らないから諦めた……ってミュウ本人に聞いた。……髪伸ばしたら、もっとはねるのかな？

なんて、くだらないこと考えてる間に、ギルドに着いた。あれ？　今日はやけに人が少ない気がするけど……なんかあったのかな？

私たちが入った瞬間、若干やつれたバージェスさんが顔を出した。

「おおミサキ！　来たな！」

「あ、おはようございます……」

……なにがあった、とは聞かなくてもわかる。だってその原因は私たちだし……燃え尽きた冒険者たちがラウンジに何人かいるのは、夜通し魔獣と戦ってたから……だと思うし。

バージェスさんは得意気に言う。

「昨日から徹夜で計算したからな！　オルカの報告も出鱈目《でたらめ》だったがな！」

「お、お疲れ様です……」

「おうさ！　早速こっちに来てくれ！」

……これが徹夜のテンション……？　ちょっとハイになりすぎな気も……

がっはっはと笑うバージェスさんに、私たちは皆苦笑い。出鱈目《でたらめ》でごめんなさい。

で、案内されたのは昨日と同じ小部屋。昨日の惨状《さんじょう》は全て片づけられていた。

「さて……まずは《魔獣暴走《スタンピード》》への協力ありがとう。キミたちの活躍は聞き及《およ》んでいる」

「活躍……」

「ベテラン冒険者にも引けをとらない戦闘力と、すさまじい回復魔法に結界。どれもオルカたちが熱く語っていたぞ」

……オルカさんがどう話したのかが気になるけど……あの人誇張とかしてないよね？　やりすぎたのは私なんだけどさぁ……

バージェスさんがテーブルに、私たちの人数分の紙を出す。

「……で、だ。討伐数はカウントできないが、《魔獣暴走《スタンピード》》の報酬は活躍で決まる。キミたちはそれに加えて、魔人の討伐という偉業を成し遂《と》げた。ならば報酬は、これくらいが妥当《だとう》だろう」

「「「!?　こんなに!?」」」

その紙に書いてあったのは報酬金額。……なんだけど、私は自分の目を疑った。ミュウ、ウルル、クルルも目を見開いて紙を凝視《ぎょうし》してる。

「合計……せ、聖銀貨《せいぎんか》二十枚……？　大金貨で二百枚分……？　この国で最高の硬貨だよ……初めて見た……」

サラッとミュウが漏らしたけど……え？

「うそ……これは夢？　私まだ寝てるの？　……痛っ」

抓《つね》った頬はものすごく痛かった……

「……わーお」

「……どうして、こうなった」

衝撃的すぎて、ウルルもクルルも言葉を失ってる。

しかもバージェスさんは、さらに衝撃的なことを言った。

「がっはっは！　本来はもう少し出したいところなんだが、これ以上やるとギルドが枯《か》れる！　それとも足りんか？」

「「「十分ですっ!!」」」

「おう！　よかったぜ！」

よかったぜ！　じゃないっ！　とんでもない金額を前に混乱してる女の子に、なんてこと言うんですか！　あーもうわけわからなくなってきた……

「こんなに持ち歩けないよ……どうしよう」

「その辺は心配すんな！　ギルドの預金が使えるからな！」

……それを早く言ってください。聖銀貨、そのまま渡されるのかと思っちゃったじゃないですか……

そのあと、混乱する頭でなんとか手続きを終えた私たち。

装備品とか買うためにとりあえず大金貨十枚をもらって、残りの聖銀貨十九枚分はギルドに預けた。使いたいときに使えるシステムなのはいいけど、過去最高の預金額だって言われてしまった。仕方ないじゃん……

ちなみに預金口座？　はパーティーのもの。私たちなら、誰でも引き出すことができるらしい……便利だね、ギルドの預金システム。共用の財布はクルルが管理することになった。

ただ報酬をもらっただけなのに滅茶苦茶《めちゃくちゃ》疲れた……

それは皆同じだったらしく、買い物はまたあとで……ということで皆で宿に戻っていると……

「……あ！　いたっ！」

「うん？　あ、ケン君……」

やつれたケン君が現れた。……今日はずいぶんやつれた人に会うなぁ……

目の下に盛大な隈《くま》をつくって、髪もぼさぼさのケン君は、若干ふらつきながら私たちの前に来た……大丈夫かな。

そのケン君は私の前で息を整えると、ポケットから一通の手紙を取り出す。なにこれ、ラブレター……なわけないか。

「ミサキさん、俺と一緒に城に来てください」

「……は？」

「王様が……会いたいそうです」

……どうやらまだ面倒事は終わってないようです……

終章　私の答え

ケン君が手紙を持ってきてからしばらく。

ちょっとケン君の言ってることへの理解が遅れた私は、とりあえず説明を求めるために、ギルドのラウンジに場所を移した。

だって、王城に戻ってこい、だよ？　好きにしろって私をポイ捨てしたくせに、なんでいまさら会いたいとか言うの？

「……で、なんで王様が私に？」

私は、正面に座ったケン君を問い詰める。

「えーと……昨日あったことを王様に話したら、会いたいから連れてこいと言われまして」

「……は？」

「ぐっ……そ、それしか言われてないんですよぉ！　あとはコレを渡せばいいって……」

ケン君が示したのはあの手紙。私が不機嫌《ふきげん》なのを察したのか、ケン君が若干やけくそになりながら説明を続ける。

……まぁ聞けば聞くほど意味がわからないんだけど、簡単にまとめるとこう。

昨日の《魔獣暴走《スタンピード》》で、私が使った魔法とかを、ケン君が王様に報告。ついでに賢者と武術師範が戦えなかったことも。

それを聞いた王様が、私を追い出したのは失敗だったとか言い出して、ケン君に私の捜索を指示した。ケン君がとりあえずギルドに来てみたら、私を発見。

……で、現在に至る、と。思わずため息出るよ……

「ケン君も、なんで素直に引き受けちゃうかなぁ……」

「……俺も、ミサキさんには城に戻ってほしいと思ってますから」

「えぇぇ……」

……まさかのケン君も連れ戻し賛成派だった……。はぁ……しょうがない、もう一度きっちり話をつけないと終わらなさそうだし……面倒だけど行こうかな……

「はぁ……わかった。じゃあケン君、案内してくれる？」

「は、はい！」

さて……面倒事はさっさと片づけてしまおう……っと、うん？　ミュウが私の袖を引っ張った。どうしたのミュウ？

「ミサキ……行っちゃうの？」

「あー……大丈夫、私はどこにも行かないから」

「……ほんと？」

「ほんとほんと。待ってて、すぐ終わらせるから」

……そんな子犬みたいな目で見なくても……。私が王城に帰っちゃうって思ったみたいだけど、私はミュウたちを捨てたりしないって。

……で、渋るミュウたちをなんとか説得して、やってきました王城。持ってきた手紙が入城証の代わりになっているらしいけど、私一人しか入れないって門番に言われた。おかげで、ついてきてくれたミュウたちを宥《なだ》めるのが大変だった……

案内されたのは見覚えのある豪華な部屋。召喚されてすぐに連れてこられたあの部屋でしょ、ここ。まさかまた来ることになるなんて……

「少し待っていてください。すぐ王様来ると思うんで……」

「あーはいはい……」

一緒に来たケン君に、雑に返事をする。待たされるのは慣れてますよ……っと。

どうせなら、王様が来るまでこのソファーを堪能《たんのう》してやるぅ！　すごいフッカフカなんだもん、コレ……

……なんて考えてたけど、案外早く王様は現れた。執務《しつむ》とかいいの？　普通そんなに暇じゃないでしょ、王様って。……一応立とうとしたけど、王様に手で制された。

そのまま挨拶《あいさつ》もそこそこに、王様は私の向かいに座る……ってあれ？　ケン君もそっちサイド？

「……面倒な前置きはなしとしよう。単刀直入《たんとうちょくにゅう》に聞こう……ミサキよ、我が城へ戻ってはくれまいか。職で勇者の素質がないと判断した、儂《わし》の間違いは謝罪しよう」

「俺からも、お願いします！」

うーん……深々と頭を下げられると、私としても断りづらいんだけど……残念。もう私の答えは最初から決まってるんだよね。

「申し訳ないですけど、私はもうここに戻る気はありません」

「「なっ⁉」」

ガーンッと、目に見えて落胆する王様とケン君。断られないとでも思っていたのか、王様のほうがダメージは大きそう……まぁ、私も即答しちゃったし。

僅《わず》かに気をとり直したケン君が、おずおずと私に続きを促《うなが》す。

「私はもう、自分の居場所を見つけました。それに……」

「それに……？」

「それに、王城でもてなされるより、冒険者のほうが楽しいですもん。だからもう、ここには来ません」

はっきりと告げる私に、ケン君も俯《うつむ》いてしまった。申し訳ないけど、これが私の答えだから。ミュウやウルル、クルルと離れてまで、王城に戻るなんて嫌だし。なにより冒険者としての日常はとっても楽しい。だから、私は王城に戻らない。

王様は、もう一度私の目を見ると、大きなため息をつく。でも、再び顔を上げたときには、その顔はどこか晴れやかになっていた。

「そう、か。……説得は……無理なようだな」

「はい。私は答えを変えません」

「あぁ……そのようだ。……引き留めて、すまなかったな……」

フッ……と笑った王様が席を立つ。そして、お供の兵士を連れて部屋から出ていった。

これは私も帰っていいのかな……？　いいよね？

……ということで私も帰る。近くにいたメイドさんに声をかけて、入り口のところまで案内してもらった。この人、前に私の世話してくれた人だ。王様付きのすごい人だったとは……

するとなんと、そのメイドさんから驚きの情報が。

なんでも《魔獣暴走《スタンピード》》のあと、気絶していたはずの賢者と武術師範が王城に帰還したそうなんだけど、その二人はあろうことか、魔人を倒したのは自分たちだと言い張ったらしい。すっかり祝賀ムードだったんだけど、ケン君が帰還して事の顛末《てんまつ》が伝えられると、まぁ大騒ぎに。王様が、魔人を倒したスキルを見せてほしいと頼み、ケン君は【セイント】をちょっとだけ発動した。でもあの二人はスキルなんて使えない。

当然ウソがばれて、怒った王様が二人を追放してしまったんだとか。……あの王様は人を追い出すのが趣味なのかな？　……で、困った末に、さっきの通り私を呼び戻そうとしたらしい。……無駄に終わったけどね。

メイドさんは、ニコリと微笑んで私に言った。

「私も少し期待していました。あなた様にもう一度、王のために戻っていただけると。ですが自由人たる冒険者を、無理に勧誘するのもまた愚《おろ》かなこと。どうぞ、よい冒険をなさってくださいさい。僭越《せんえつ》ながら、ご活躍をお祈りしております」

門に着くとメイドさんはそう言う。照れくさくて、なんだかむず痒《がゆ》い。にしても、冒険者は自由人、かぁ……確かにそうかもしれない。

「あー！　ミサキ帰ってきたー！」

「待ってたよー!!」

「……ん、ご苦労、さま」

門を出てしばらく歩くと、王城の前の広場でミュウとウルル、クルルが私を待っていた。

……私の居場所はここ。『ミサキのパーティー』だ。一応リーダーは私なんだし、途中で放り出すなんてことはしないよ。

「お待たせ皆。さ、行こう」

「「「うん！」」」

これでようやくいつも通り、と思ったら……

「待ってくださーい！」

「……うん？」

あれ……なんでここでこの声が……。振り向いた私たちの前には、息を切らしたケン君が立っていた。しかもその格好は……

「……一応聞くけど、なんでここに？」

「俺も冒険者になることにしました！　……というわけで、俺も連れていってください！　なんでもしますから！」

「なんでそうなった……」

ケン君の格好は、軽装に革の鎧《よろい》。それにシンプルな剣と、どう見ても冒険者の装備だっ

た。なにがどうなってその結論に達したかはわからないけど……

「……どうするの？　ミサキ……」

ミュウがケン君を見て、私に声をかける。うーん……

「さすがに女の子だけのパーティーに……っていうのもね……」

「くっ……た、確かに……」

ケン君が気まずそうに顔を赤く染める。せめてここ来る前に気づこうよ……っていうか。

「ところでケン君、勇者はどうなったの？」

「魔人が出たときだけ協力する、って条件で……」

「えぇぇ……」

まさかの兼業？　それでいいのか、勇者って。しかもそれだと、ケン君が私たちのパーティーに入ったら、なし崩し的に私たちもまた魔人と戦わなきゃいけないじゃん……嫌だなぁそんなの……

「……その前に、冒険者、登録。まだ、そもそも、冒険者じゃ、ない……」

「うおッ!?　そういえばそうだった！」

ここでクルルの冷静なツッコミ。まだ登録してなかったのか、ケン君……準備万端《ばんたん》、みたいにしてたのに……

「だいじょーぶかなー？」

　ウルルまで苦笑いしてるし……

……うん？　登録してない……？　なんかいい考えが浮かんだかも。

「ねぇケン君、ひとまず冒険者登録だけして、たまに私たちと一緒に行く……っていうのじゃダメなの？　さすがにずっと一緒っていうのは……」

「それでいいです！　お願いします！」

……それならケン君が私たちに気を遣う必要はないし、私たちも気兼ねなく過ごせる。魔人が出ても招集されるのはケン君だけ。どうしようもなかったら手伝うけど……だから、特に気にする必要もない。……そもそもランクが違うから、受けられる依頼も違うし。

……うん、我ながらいい作戦。……ってあれ？　なんかクルルがニヤニヤしてない？

「道は、長い……頑張れ、勇者。ミサキは、手強《てごわ》い、よ？」

「うぐ……はい！」

「なにそれ、どういう意味!?　ねぇクルル！」

　なんかクルルが変なこと言った！　気になるんだけど!?　追及しようとすると、クルルは私から逃げ出す。意外とすばしっこくて、クルルを捕まえられない。

「あーもう！　クルル速い！」

「ふっ……百年、早い」

ぬぁぁ、ドヤ顔がイラッとくるぅー！

私とクルルの追いかけっこを見ていたケン君が、あとずさりつつ声を出す。

「じゃ、じゃぁ俺、登録しに行きますね……」

「あ、うん」

「……行ってきまぁす!!」

……なんだったんだろう今の。ただ返事しただけなのに、え？　って顔されたんだけど……私なにか悪いことしちゃったかな？

ケン君はダッシュで大通りのある坂を下っていった。……まぁ、やる気があるのはいいことだよね？　首を傾げて見送った私に、クルルがススッと寄ってきた。

「ミサキは、手強《てごわ》い」

「まだ言う!?　ほんとになんのこと？　ねぇ!?」

「ふふ……さぁね、なにかな」

クルルにしかわからないなにかがあるのは、わかった。私がどう手強《てごわ》いのかはわからないけど……

……こうして皆と笑ってると、魔人やら王様やら賢者やら……なんかいろいろあった《魔獣暴走《スタンピード》》がようやく終わった気がした。

よし、明日からもまた、依頼をこなそう！

もちろん、仲間たちと一緒にね。

書き下ろし番外編

小さな勇気と運命のであい

「本当に、一人で大丈夫？」

「だ、大丈夫だよぅ。きっと……」

お母さんが、心配そうな様子でわたしを見ている。

わたしはミュウ。王都で冒険者になるために、お父さんとお母さんのもとを離れて、一人でこれから旅に出るんだ。そのために、現役冒険者のお父さんたちに、みっちり鍛えてもらったんだよ。

「勉強だっていっぱいしたし、お稽古も頑張ったもん」

「でも、あなた緊張しいじゃないの。お友達もいないし……」

「う……」

お母さんの言葉が胸に刺さる。

そう、わたしは極度の人見知り。特にお父さん以外の男性の前では、まともに言葉も話せなくなってしまうほど。さらに、近所に同年代の子がいなくて、引っ込み思案だったから、友達を作ることができなかったの。

こんな状態じゃあ、確かに心配されてしまうよね。でも、わたしはそれを改善するために、王都に行こうとしてるんだよ。

「武器も買ったし、荷物もまとめたし……わたしはもう、決めたの」

少し語気を強めて言うと、お母さんはなぜか、フフッと微笑んだ。

「あら、今までで一番いい顔をしてるじゃない。これで悩むようなら引き留めたけど、その心配はいらないみたいね」

「え、えぇぇ!?　試してたの？」

「心配してるのは本当よ」

それはわかってる。どこか不安そうな表情も、いつもより固い声色も。お母さんが、本気でわたしを心配しているのは、すごくわかる。

お父さんとお母さんは、急な依頼が入ったとかで、わたしと一緒には行けないんだ。これから、王都とは反対側に出かけるらしい。

一緒に行きたがってたお父さんは、とても残念そうだった。けど娘のために、依頼を放っておくわけにもいかない。それが冒険者であるということだって教えてくれたのも、お父さんだったっけ。

「はぁ……あまり長話してると、ミュウの覚悟が揺《ゆ》らぐかもしれないわね。というわけで、行ってらっしゃい！」

「わわっ！　……行ってきます。ありがとう、お母さん、お父さん」

半《なか》ば押されるように、わたしは送り出された。先に出発してしまって、行ってきますが言えなかったお父さんにも、気持ち届いてるといいな。

剣よし、地図よし、忘れ物なし、と。……泣いてる暇なんてない。わたしはこれから、王都に行くんだ！　友達百人……は無理そうだけど、誰かと仲良くなれたらいいなぁ。

と、意気込んだものの、人見知りがそんなに簡単に治るわけもなく。

（予定より、ちょっと遅れちゃったなぁ……）

わたしが住んでいるノスタから、隣街まで乗合馬車が出ている。でも、なるべく女性が多く乗っている馬車を探していたら、いつの間にかお昼を過ぎてしまっていた。

今日中に二つの街を越えるつもりだったけど、この調子じゃ無理そう。早速予定が狂っちゃった。

「だめだめ、このくらいでへこたれないもん」

早くもめげそうになる自分に活《かつ》を入れる。冒険者になるならこのくらい……不測の事態に対応できてこそ、いい冒険者なんだから！

そうやって、弱気な自分を叱責しつつ旅をすること七日。
滞在した街での宿泊に手間取ったり、移動のたびに馬車に乗り遅れたり……結局、予定の倍の時間がかかってしまった。順調に進めば、四日目には王都に着いていたはずなのに。

それでもどうにか、王都にはたどり着いたよ。

「やっぱり大きいなぁ……」

わたしの目の前には、王都をぐるりと囲う巨大な壁がそそり立っている。観光で何度か訪れたとはいえ、一人で来たのは初めて。既《すで》に緊張で胸が苦しい。
ドキドキしながら検問を抜けて、門をくぐればそこはもう、サーナリア王国の王都。
この国の流行の最先端を行く、キラキラした街。

（わたしの恰好……へ、変じゃないよね？）

ここに来ると、途端に自分が田舎っぽく思えてしまう。ノスタは辺境の街だし、流行に乗り遅れることもあるんだよね。
でも、誰もわたしのことなんか見てなさそうだし、目立たないのなら別にいいか。

ということで、気持ちを切り替えて本来の目的へ。

「冒険者ギルドは……あ、南側だっけ」

わたしがいるのは北側。こっちにも依頼を受けられる出張所はあるけど、冒険者登録が出来るのは本部だけ。何度か連れていってもらったことがあるから、場所は覚えてる。

それにしても、やっぱり人が多いなぁ……冒険者ギルドに着くまで、この緊張に耐えられるかな。もう頭が破裂しそうだよ。

大通りをまっすぐ南へ進むと、王都の真ん中にある広場へと出た。巨大なお城をぐるりと取り囲むこの広場は、露店や行商などで賑《にぎ》わっている。多分、王都で一番人が多いところだと思う。

（お金が無くなっちゃう……）

珍しいものもいくつか目に留まったけど、予定を大幅に過ぎた旅のせいでお金が心もとない。早く冒険者になって、当面の生活費を稼《かせ》がないと。

おしゃれな服屋さんや、おいしそうな食べ物の誘惑を振り切って、わたしはさらに南へと進む。

そして、南側の外壁が近づいてきたなぁ……と思ったところで、ようやく目指していた冒険者ギルドの看板を見つけた。

（あとは、入って登録するだけ……入って……）

ギルドのドアに手をかけたところで、わたしの足が止まった。冒険者になりたい想いとは裏腹に、カタカタと小刻みに震える体。ここまで来たのに、あと一歩の勇気が出ない。

どうにか力を振り絞って、もう一度ドアに手を伸ばした瞬間、中から大柄な男性が二人出てきた。

「……んでよ、そんとき——」

「うははは！」

「ひぅっ⁉」

わたしの口から、変な音が漏れた。冒険者になりたいのなら、男性にいちいち怯《おび》えてなんていられない。それはわかっているはずなのに、男の人がただ近くを通りかかっただけでも、なぜか体が強張《こわば》ってしまう。

（情けない……）

どうしても勇気が出ず、窓から中を覗《のぞ》いたり、ちょっと離れてみたり……人がいなくなるのを待ってみたけど、ここは王都の冒険者ギルド。いつまで待っても、出入りする人は全然減らない。

「……うぅ……」

もう今日は諦めたほうがいいのかな、なんて思い始めたそのとき。

「……ねえ、どうかしたの？」

「っわぁぁぁっ!!」

急に、後ろから声をかけられた。誰かに話しかけられるとは全く思っていなかったから、驚いて悲鳴をあげてしまった。心臓が口から出てきたかと思った。

恐る恐る振り返ったわたしの目に飛び込んできたのは、黒。

「あの……あなたは……？」

わたしに向かって伸ばしかけた手と、申し訳なさそうに下がった眉。そしてなにより目を引くのが、見たことのないサラサラの黒髪と、黒い大きな目。

声が強張《こわば》ってしまったけど、わたしに声をかけてきたのは同年代くらいの美人さんだった。

「あ、ごめんね。……私はミサキ。なんか困ってるのかなぁって思って」

「そうでしたか……あ、わたし、ミュウっていいます」

わたしに声をかけてきた女の子は、ミサキという名前らしい。髪や目の色といい、ちょっと不思議な発音の名前といい……この人は、どこか遠い国の出身なのかも。

どう話していいかわからないわたしに、かしこまった口調はやめてほしいというミサキ。最初はとても驚いたけど、ミサキはとても優しくて温かい。わたしがなにに困っているかもわからないのに、それでも声をかけてくれるなんて。ミサキと言葉を交わすうちに、冷えて固まったわたしが、すごい勢いで溶けていくような気分になる。

聞いてみたら、ミサキは冒険者ではなく、これから登録しようとしていたところだったらしい。わたしと同じだ。

（初対面でこんなこと、聞いていいのかわからないけど……）

断られるかもしれないという気持ちと、頼りたい気持ちでごちゃごちゃになりながら、わたしは思い切ってミサキに「一緒に冒険者になってほしい」とお願いした。

いきなり変なことを言ったからか、ミサキはとても戸惑っているようだった。それでも、わたしが理由を話すと、ミサキはパッと笑顔を浮かべた。

「もちろんいいよ」

「ホントに!?　やったぁ！」

お母さんたちと別れてから、初めて心から笑ったかもしれない。ずっと緊張していた心が、ミサキの一言でスッと軽くなったような気がした。

「……ミユウ、私からもお願いがあるんだけど……」

「え？」

そこで、ミサキが真剣な声を出した。なにをお願いされるんだろう。

「私と、友達になってくれないかな？」

……へ？　そ、そんなこと？

まさかミサキが、悪事やおかしなことをお願いするとは思っていなかったけど、そのお願いは予想の斜め上だった。だってもう、わたしはとっくに友達だと思っていたから。だからもう、答えは決まってる！

「もちろん!!　こちらこそ、よろしくね？」

「うん……ありがとう、ミユウ」

安心したのか、ふわっと笑うミサキ。その笑顔を見て、わたしも自然と笑っていた。

「改めて、ミサキ・キサラギ、十八歳です。よろしくね」

「ミユウ・アルメリア、十六歳です。年上だったんだね……ミサキ」

なんとびっくり、ミサキはわたしより二つ年上だった。わたしも人のことは言えないけど、顔立ちが幼く見えたから、同年代か少し年下だと思ってたよ。

ミサキと握手をすると、なんだかとても勇気が湧いてくるような気がした。今ならなんでもできそう。

二人で、一緒にすごい冒険者になれるかな？

こうしてわたしは、王都に来て初めての……ううん、人生初の友達を得た。
そのひとは綺麗な黒髪黒目の、すごく温かい不思議なひとだった。
お母さん、わたし、王都でもうまくやっていけそうだよ！

大好評
発売中!!
RC
Regina
COMICS
異世界でカフェを開店しました。
1~9
原作
甘沢林檎
Ringo Amasawa
漫画
野口芽衣
Mei Noguchi
アルファポリスWebサイトにて
好評連載中!
異世界でカフェを開店しました。9
バカンスでLet'sクッキング!
初めての旅行先で海の家をオープン!?
異世界クッキングファンタジー
待望のコミカライズ!
突然、ごはんのマズ～い異世界にトリップしてしまった理沙。もう耐えられない! と食文化を発展させるべく、カフェを開店。噂はたちまち広まり、カフェは大評判に。精霊のバジルちゃんや素敵な人達に囲まれて異世界ライフを満喫します!
B6判・各定価:748円(10%税込)
(電子含む)
シリーズ累計116万部突破!
アルファポリス 漫画
検索

RC Regina COMICS
アルファポリスWebサイトにて好評連載中！
原作 園宮りおん
漫画 上原 誠
元獣医の令嬢は婚約破棄されましたが、もふもふたちに大人気です！
1
元獣医の動物オタク転生ファンタジー
待望のコミカライズ！
公爵令嬢・ルナに転生した獣医の詩織《しおり》。王太子と結婚するはずが、ある日突然、婚約破棄・国外追放されてしまう！　だけど見たこともない動物のいる世界で彼らに会うことをずっと夢見ていたルナは、もふもふに出会う旅に出られるとウキウキ！　そして訪れた獣人の国で、動物を犠牲に私腹を肥やす悪党がいることを知ったルナ。「もふもふを傷つける奴は許さない！」とチートスキルをフル活用して事件解決に動き出し――？
国外追放？喜んで！世界中のもふもふと戯れてきます♪
大好評発売中！
＊B6判 ＊定価：748円（10%税込） ＊ISBN978-4-434-28677-3
アルファポリス 漫画 検索

本書は、2019年8月当社より単行本として刊行されたものに書き下ろしを加えて文庫化したものです。


この作品に対する皆様のご意見・ご感想をお待ちしております。

おハガキ・お手紙は以下の宛先にお送りください。

【宛先】

〒150-6008 東京都渋谷区恵比寿4-20-3 恵比寿ｶﾞｰﾃﾞﾝﾌﾟﾚｲｽﾀﾜｰ 8F
（株）アルファポリス　書籍感想係

メールフォームでのご意見・ご感想は右のＱＲコードから、
あるいは以下のワードで検索をかけてください。

アルファポリス　書籍の感想　検索

ご感想はこちらから

レジーナ文庫

村人召喚《むらびとしょうかん》？　お前《まえ》は呼《よ》んでないと
追《お》い出《だ》されたので気《き》ままに生《い》きる 1

丹辺《にべ》るん

2021年5月20日初版発行

文庫編集－斧木悠子・篠木歩
編集長－塙綾子
発行者－梶本雄介
発行所－株式会社アルファポリス
〒150-6008 東京都渋谷区恵比寿4-20-3 恵比寿ｶﾞｰﾃﾞﾝﾌﾟﾚｲｽﾀﾜｰ8階
TEL 03-6277-1601（営業）　03-6277-1602（編集）
URL https://www.alphapolis.co.jp/
発売元－株式会社星雲社（共同出版社・流通責任出版社）
〒112-0005 東京都文京区水道1-3-30
TEL 03-3868-3275
装丁・本文イラスト－はま
装丁デザイン－AFTERGLOW
（レーベルフォーマットデザイン－ansyyqdesign）
印刷－株式会社暁印刷

価格はカバーに表示されてあります。

落丁乱丁の場合はアルファポリスまでご連絡ください。

送料は小社負担でお取り替えします。


ISBN978-4-434-28865-4 C0193